文庫書下ろし／長編時代小説

どんど橋

剣客船頭(十二)

稲葉　稔

光　文　社

この作品は光文社文庫のために書下ろされました。

『どんど橋』 目次

↑至寺島村・墨田村
向島
須崎村
長命寺
三囲稲荷
竹屋之渡し
今戸町
今戸橋
山谷堀
日本堤
下谷金杉上町
下谷竜泉寺町
新吉原
北
根岸
下谷金杉町
東叡山寛永寺
猿若町
浅草寺
東本願寺
下谷山崎町
中堂
本郷
源森橋
源森川
小梅村
雷門
浅草広小路
吾妻橋
竹町之渡し
三間町
業平橋
不忍池
下谷長者町
御徒町
三味線堀
黒船町
御蔵前
御蔵前通り
北割下水
御厩河岸之渡し
神田大明神
御米蔵
片町
御蔵前
明神下
本所
神田川
向柳原
佐久間町
新シ橋
佐久間河岸
大川
浅草御門
御竹蔵
御米蔵
南割下水
和泉橋
柳原通り
浅草橋
柳橋
両国広小路
両国橋
亀戸村
横山町
米沢町
回向院
二ツ目之橋
三ツ目之橋
鍛冶町
油堀
薬研堀
村松町
松井橋
竪川
南辻橋
小伝馬町
一ツ目之橋
松井町
山城橋
常盤町
弥勒寺橋
大横川
栄橋
御船蔵
六間堀
五間堀
神田橋
今川橋
大伝馬町
高砂町
新乗物町
浜町堀
六間堀町
深川
新大橋
常盤橋
日本橋
木更津河岸
照降町
親父橋
猿子橋
深川元町
芝翫河岸
猿江橋
小名木川
北町奉行所
大手門
川口橋
万年橋
高橋
海辺大工町
江戸橋
通町
海賊橋
日本橋川
永久橋
上之橋
深川
新場橋
坂本町
箱崎橋
海辺橋
山王御旅所
仙台堀
湊橋
越中橋
八丁堀
永代橋
材木町
小川橋
楓川
南町奉行所
松幡橋
亀島橋
霊岸島
佐賀町
弾正橋
中之橋
富岡八幡宮
京橋
八丁堀
木場
木挽町
石川島
越中島

主な登場人物

沢村伝次郎 元南町奉行所定町廻り同心。辻斬りをしていた肥前唐津藩士・津久間戒蔵に妻子を殺される。そのうえ、探索で起きた問題の責を負って自ら同心を辞め船頭になる。

千草 伝次郎が足しげく通っている深川元町の一膳飯屋「めし　ちぐさ」の女将。伝次郎の「通い妻」。

お幸 「めし　ちぐさ」の小女。

音松 伝次郎が同心時代に使っていた小者。いまは、深川佐賀町で女房と油屋を営んでいる。

お万 音松の女房。油屋を切り盛りしている。

中村直吉郎 南町奉行所定町廻り同心。伝次郎が同心のとき、懇意にしていた。伝次郎に探索の助を頼むこともある。

平次 中村直吉郎の小者。

三造 中村直吉郎の小者。

藤吉 湯島一丁目の岡っ引き。

山本竜之介 丹後国宮津藩藩士。

山本りよ 山本竜之介の妻。

山本竜太郎 丹後国宮津藩藩士・山本竜之介の息子。

茂平次 山本家の中間。

剣客船頭㈩

どんど橋

第一章　昌平河岸

一

神田川はまだ夜明け前だった。

あたりの町にはまだ気だるそうな夜の気配が残っている。河岸道を歩く人の姿もなければ、行き交う舟も見られない。

東の空が仄白くにじんだのは、沢村伝次郎が昌平河岸につけた猪牙舟の舫を、雁木に繋いだときだった。櫓床に腰をおろして、煙草に火をつけゆっくり吹かす。

夜の冷気を残す風が紫煙を流す。

仄白かった東の空がうす赤くにじみ、その周辺は紫がかった色に変わった。それからさっと雲の隙間から、幾条もの光の条が地上にのびた。

伝次郎は河岸道を見た。待ち人の来る気配はない。

（少し早く来すぎたか……）

明神下に住む政蔵という老人を待っているのだった。

政蔵は明神下にある井筒屋という呉服商の主人だったが、商売を長男にまかせ隠居したばかりだった。

今日は亀戸にある普門院という寺に墓参りに行き、その帰りに中村座の芝居見物をする予定だった。二幕目がはじまるまでに芝居小屋に行きたいので、早朝の墓参りとなっている。

政蔵は女房とやってくる予定である。朝の光が江戸の町をやわらかく包みはじめると、神田川からうすい霧が立ち昇り、河岸道を生き物のように這いだした。

伝次郎はもう一度河岸道を見て、煙管を舟縁に打ちつけた。水に落ちた灰が、ちゅんと短く音を立てた。

川岸の藪や近くの雑木林で鳴く鳥たちの声が多くなった。

伝次郎は徐々に明るくなってくる空をあおぎ見、ゆっくり視線を落としていった。

舟を舫っている河岸場の上流は、両岸が崖（がけ）になっていて種々の雑木が生い茂っている。紅葉している木々もあれば、枯葉を散らしている木もあった。

伝次郎の目が流れてくる黒いものを見たのは、川面（かわも）に視線を戻したときだった。

神田川の流れはゆるやかである。その黒いものは暗い陰になっている右岸から、川の中ほどに流されて、くるっと引っ繰り返った。

「なに……」

伝次郎は流れてくるものを凝視（ぎょうし）した。

白い手足が見えた。黒く見えたのは川の暗がりを流れてきたのと、着物が水を吸って黒く変色しているからだった。さらに髷（まげ）が乱れて、長い髪が顔を覆っていたからだろう。

流れてくるのは人間である。おそらく死体だろう。

伝次郎はゆっくり立ちあがって、流れてくる死体を見た。女だ。

舫をほどくと、棹（さお）をつかんで舟を出し、流れてくる死体を待った。

やはり女だった。四十過ぎの年増だが、目鼻立ちの整った美人だ。着物がはだけ、体のほとんどをさらし、太股と豊かな乳房の白さを際立たせていた。

伝次郎は帯をつかみ、それから襟をつかんで舟にあげた。すでに息はしていなかった。

死体を乗せてさっきの河岸場に戻ると、

「やあ、お待たせしましたね」

という声がかかった。

伝次郎は河岸道を見た。めかし込んだ政蔵と女房がそこに立っていたが、舟の中にある死体に気づき、凝然と目をみはった。

女房は小さな悲鳴を漏らして、政蔵にしがみついたほどだ。

「旦那、墓参りは取りやめにするか、少し待ってください」

「ど、どうするんだね？」

「流れてきた死体を、そこの番屋に預けなければなりません。ひょっとすると町方がくるのを待つことになるでしょう」

「あ、あんた、い、いやよ。死体を乗せた舟に乗るなんて……」

女房が死体から顔をそむけていった。

二

伝次郎が女の死体が流れてきたことを知らせたのは、湯島(ゆしま)一丁目の自身番(じしんばん)だった。

死体は昌平河岸で簡単に検分をしたのち、自身番に運ばれた。

早朝ということもあり、大きな騒ぎにはならず死体が自身番の中に納められると、町はいつもと変わらぬ平穏を取り戻していた。

だが、自身番の者たちはそうはいかない。番太(ばんた)が町奉行所に走れば、町の岡っ引きがやって来て、あれこれ推量をし、発見者の伝次郎は書役(かきやく)から、死体を発見し引きあげるまでのことを事細かに聞かれた。

もちろん、伝次郎は聞かれるままに答える。

「まさか、おめえさんが……なんてことはねえだろうな」

邪推するのは、藤吉(とうきち)という岡っ引きだった。

「おれが女を殺(あや)めたとでもいいてえのかい？」

伝次郎は藤吉を見て、ゆっくり首を振る。

「十手を預かる岡っ引きでもめったなことはいわないほうがいい。おまえはまだ若いようだが、誰から十手を預かってる？」

「へん、そんなことおめえにいう筋合いはねえだろう」

藤吉は機嫌を損ねた顔で、上がり框に腰をおろし、短い足を片方の膝に乗せ、腕組みをした。

「それで親方、わかっていることがいくつかある」

伝次郎は藤吉から書役に顔を向けていった。自身番の書役のことを「親方」と呼ぶことが多い。

「それはどういうことだい？」

「この女は水死だということだ。体に切り傷や、他人の力によって首を絞められたような跡もない」

「それじゃ身投げってことかね」

「おそらくそうだろう。皮膚のふやけ方から、死んで半日もたっていないはずだ。身投げしたとすれば、そう遠くではないだろう」

「おい、船頭。なんで身投げだと決めつけやがる」

藤吉が大きな目玉を光らせにらんでくる。

「おそらくそうだ。女は水を飲んで溺れている。だが、楽に死ねるように、入水前に薬を飲んでいたかもしれない」

「おいおい、勝手なことをいうんじゃねえぜ。なにも調べねえうちに、なんで決めつけるようなことをいいやがる。船頭の分際で口幅ったいことというんじゃねえよ」

「単なる溺死なら相当の水が腹の中や肺の中に入っている。しかし、その女はそれほどの水は飲んでいなかった。それはたしかだ。河岸場で番人と番太の前で水を吐かせたが、そういうことだった。番人と番太はそれを見ている」

伝次郎は泰然自若と応じる。

「おい、船頭。伝次郎っていったな。おめえさん、なにか、何度もそんな死体を見ているってェのか。そんな口ぶりじゃねえか。まあ、船頭だから土左衛門を見ることは多いんだろうが、町方の旦那みたいなことを勝手にほざくんじゃねえ」

藤吉は伝次郎にお株を奪われている恰好だから面白くないようだ。

「出すぎたことをいってるなら謝る」

伝次郎が殊勝なことをいうと、藤吉はふんと鼻を鳴らした。

「親方、おれは仕事があるんだが、町方が来るまでは帰れないな」

わかっていることではあるが、念のために聞いた。

「あんたにゃ申しわけないが、ここで帰してしまったら、町方の旦那にお目玉食らっちゃうからね。ま、お茶でも」

書役は茶を差し替えてくれた。

「親分、聞き込みはしなくていいのかい？　ここで油売っているより、そうしたほうがいいんじゃないのか」

「おい船頭、おめえに指図なんかされたかねえわい。黙っていやがれッ」

藤吉は足の親指をつまんで、ぐるぐるまわした。岡っ引きにしては若いほうだ。まだ、三十前後だろう。それに経験も浅いようである。

伝次郎はそんな藤吉を微笑ましく見ていた。

自身番の腰高障子は開け放してある。表通りを歩く人の姿が徐々に増えている。高く昇った日の光が、戸口から土間に射し込んでいる。

女の死体は戸口を入ってすぐ左の土間に置かれ、筵をかけてあった。

町奉行所へ知らせに走った六助という番太が戻って来て、小半刻（三十分）もせず連絡を受けた町奉行所の同心がやって来た。着流しに黒紋付きを羽織り、雪駄履きだ。

かつて伝次郎の先輩同心だった中村直吉郎だった。平次という小者連れである。

「船頭が死体を見つけたと聞いていたが、おまえだったか」

直吉郎は誰よりも先に伝次郎に声をかけた。鋭い切れ長の目に、他の者にはわからない親しみの笑みが浮かんだ。だが、その目はすぐ厳しくなり、死体に向けられた。

「伝次郎、検分はしたんだな」

「一応」

伝次郎はそう答えてから、さっき書役と藤吉に話したことを繰り返した。

「すると、死んでそう時はたっちゃいねえッてことか。見つけたのは六つ（午前六時）前だといったな」

「そうです」

「水に入ったのは、昨夜の遅い時刻ってことか……」

「死体の様子からすれば、おそらくそうでしょう」

「旦那、この船頭の話を真に受けてんですか。そんなの調べなきゃわからねえでしょう」

藤吉が口を挟んできた。直吉郎はその藤吉をぎろりとにらんだ。

「おい、てめえはなんでここにいやがる」

「ヘッ」

藤吉はとたんに体を硬直させた。顔もこわばっている。

「死体は神田川の上から流れてきたんだ。聞き込みをしてこい」

「ヘッ、で、でもどの辺を……」

「川沿いに歩いていくんだ。とりあえずどんど橋あたりまで行ってこい」

どんど橋とは、江戸川が外堀（神田川）に落ち込む河口に架かる船河原橋をいう。

「へ、へえ」

藤吉は伝次郎をひとにらみして自身番を出ていった。

それを見た直吉郎は、書役を振り返って、

「伝次郎から聞いた話はとってあるんだな」

と聞いた。

「丁寧に聞き取りをしてあります」

「伝次郎どうする？」

「どうするって、おれには仕事がありますから」

直吉郎はとがり気味の顎を撫でながら短く考えた。顎にはまだ無精ひげが生えていた。朝が早いので剃る前に駆けつけてきたようだ。

「わかった。何かあったら声をかけるかもしれねえ。まあ、ただの身投げで終わることを願っちゃいるが……」

「おれもそうであることを願っています」

伝次郎は言葉を返して、先に自身番を出た。

すでに日は高く昇っていた。

三

（なんでえ、あの船頭の野郎……）

藤吉は内心でぶつぶつ愚痴をたれながら、昌平坂を上りきったところだった。そこから神田川をのぞこうとするが、川に落ち込む崖しか見えない。崖にはいろんな木々が生えているので、晩秋の光を照り返す川面がわずかに見えるぐらいだ。

さらに藤吉は足を進める。やがて道が平坦になり、神田川が眼下に見えるようになった。だが、川が見えても仕方がない。

大事なのは身投げした女を見たものがいないか、それを聞き調べることである。

川沿いの道に町屋はない。

どんど橋までは旗本屋敷や、水戸家の屋敷があるぐらいだ。その代わりに河岸地がある。御茶ノ水河岸と市兵衛河岸である。

(あの女は、町の女だ。どう見てもお武家の女には見えなかった)

藤吉は歩きながら仕事熱心になる。

町の女なら、町屋に行って聞き込みをすべきだろうが、それはあとまわしだと自分で考えもし、中村直吉郎にいわれたことを忠実に実行しようとも思う。

河岸地では物揚げ人足や、船頭、あるいは近所の商家の連中がはたらいていた。

近くには茶店もあり、床几に腰かけて茶を飲んでいるものもいる。

「身投げだって?」

声をかけて、下流の昌平河岸のそばで女の死体があがったことをいうと、誰もが一様に驚き顔をした。

「まあ、身投げだかどうかまだはっきりしちゃいないんだが、とりあえずそう思われてる。年は四十前後ってところだ。夜中に身投げしたようなんだが、見たものがいないかと思ってな」

藤吉は十手をちらつかせて聞く。

「夜中だったら寝ているからね」

そういうものが多かった。

「誰かに突き落とされたってこともあるんじゃないか」

と、勝手な推量をするものもいた。

もちろん、それは藤吉も考えていたことだ。

船頭は薬を飲んで身投げしたかもしれないといった。もしそうなら、誰かが女に薬を飲ませて突き落としたと考えることもできる。

(おれはなんで、さっきそのことをいわなかったんだ)

藤吉は聞き込みをしながら悔やみもした。

どんど橋の手前で引き返すと、小石川御門に架かる橋をわたり、反対側の道を辿って帰ることにした。気を利かしたつもりだ。

しかし、対岸も大名屋敷と旗本屋敷がほとんどである。町屋はない。

(あの女、武家奉公していた女かもしれねえな)

歩きながらそんなことも思う。

ときどき立ち止まっては、身投げに適しているような場所に見当をつけもした。

そうこうしているうちに、さっきの腹立ちはおさまり、死んだ女のことを真剣に考えるようになっていた。

名前も身許もわかっていない、中年の大年増だ。殺されたのではなく、自ら命を断ったのなら、その理由はなんだったのだろうか？　死ぬには深いわけがあったはずだ。

「何かわかったかい？　おれのほうはさっぱりだ。一応丹念に聞き込みをしてきたが……」

藤吉は湯島一丁目の自身番に入るなり、書役の久兵衛を見ていった。

「まだなにもわかっちゃいませんね。早く身許がわからなきゃ困っちまいますよ」

久兵衛は筵掛けしてある死体を見ていう。いつまでもそこに置いておくわけにはいかないのだ。

「中村の旦那はどうした？」

「聞き込みに行ったよ。あんたのあとを追っていったんだが、会わなかったかい？」

藤吉は気を利かして、行きと帰りはちがう道を辿って聞き込みをしてきたといった。

「旦那の帰りを待つのも、なんだか気が利かねえなァ」

「それじゃもう一回行ってきたらどうだい」

久兵衛が勧める。藤吉は十手をしごきながらそうだな、と表を眺めていう。大きな風呂敷を担いだ行商人と、米俵を満載した大八車を押していく車力（しゃりき）がすれ違い、大名家の一行と思われる十数人の侍が本郷（ほんごう）のほうに歩き去った。

「さっきの船頭と、中村の旦那は知りあいなのかい？　なんだかよく知ってる仲のような口の利き方してたじゃねえか」

藤吉は久兵衛に顔を戻して聞いた。

「わたしゃよく知らないけど、そんなふうだったねえ。まあ、町方の旦那はいろんな人間をご存じだから……」

久兵衛は体の向きを変えて文机に向かった。

それを見た藤吉は腰をあげて、もう一度聞き込みに行くことにした。

さっきは川沿いの道を辿ったが、今度は昌平坂を上りきると、本郷の町屋に足を運んだ。

本郷竹町、本郷元町を歩きまわり、最後に本郷通りに面した町屋をざっと聞きまわった。

訊ねることはさっきと同じことである。そして、同じような反応があったが、女の身許はわからずじまいだった。

気づいたときには、とっくに九つ（正午）を過ぎていた。

（飯でも食うか……）

藤吉は空きっ腹をさすって飯屋を探したが、本郷六丁目に枡田屋という知っているそば屋があった。汁が少し甘いというものがいるが、藤吉はそれがいいと思っていた。

飯台（はんだい）につき、せいろを注文して待っていると、隣に職人がやって来た。

「今日はひとりですか？」

注文を取りに来た女が、その職人に声をかけた。

「ああ」

「何にします？」

職人はいつものでいいといった。浮かぬ顔をしている男で、太い指を落ち着きなく動かしていた。

藤吉はせいろが来たので、ずるずる音をさせて食べた。隣の職人にはかけそばが届けられた。店の女と職人は顔見知りらしく、

「おたつさん、大丈夫なの？」

と、女が職人に聞いた。

「大丈夫ってどういうことだい？　もうあいつのことはあきらめた。昨日の朝出て行ったきり帰っちゃ来ないんだ」

職人は浮かぬ顔で、そばを食べはじめた。

藤吉は隣でそのやり取りを聞いていて、興味を覚えた。

職人は四十前後だろう。なんとなく暗い顔をしている。

「おたつさんというのはあんたの女房かい？」

藤吉は声をかけてみた。

職人は箸(はし)でそばをすくいあげたまま、藤吉を見てきた。

「昨日の朝から家に帰っていないようなことをいったよな。あ、おれは湯島一丁目あたりを預かってる藤吉っていうんだ。あやしいもんじゃねえ」

藤吉はそういって十手を見せた。

「何かあっしに……」

「今朝早くに、神田川から女の死体があがったんだ。その女は四十前後で、まだ身許がわからないままだ」

なんとなく職人の顔がこわばった。

「年は食っちゃいるが、男好きのする面立(おもだ)ちだ。色が白くて鼻筋が通ってる」

「まさか、右の耳たぶの後ろに黒子(ほくろ)があるっていうんじゃないでしょうね」

職人は箸を置いてまっすぐ見てきた。

「耳たぶの後ろに黒子……。それは見てねえが、たしかめたほうがいいんじゃねえか。万が一ってこともあるだろう、違ってたら違ってたで安心できるだろうしよ」

職人は少し迷ったが、見るだけ見てみましょうといった。

四

中村直吉郎は聞き込みから、湯島一丁目の自身番に帰ってきたところだった。

「あの藤吉という岡っ引き、目ん玉ばかり大きくて頼りにならねえと思っていたが、案外やることやってやがる。おれのまわった先はあらかた聞きまわっていやがった」

「がさつなところはありますが、根は真面目なんですよ」

どうぞといって、書役の久兵衛が茶を出してくれる。

「それでいまどこらへんをまわってるんだ？」

「てっきり中村の旦那と落ちあったと思ってたんですが、会われませんでしたか……」

「会わなかったな」

直吉郎はずるっと音をさせて茶を飲んだ。

わずかに土間に射し込む日の光が、死体の白い足にあたっていた。

(履き物はどうしたんだろう？　見落としたか……)

直吉郎は死体の足を見て思った。

川沿いの道を聞き歩きながらも、女の履き物を探していた。身投げなら履き物を、その場所に揃えて置いていると思ったからだ。

もっともまだ調べが足りないので、見落としているのかもしれない。ひょっとすると、履き物を脱がずに水に飛び込んだかもしれない。

もちろん、直吉郎は身投げに見せかけた他殺の線も推量していた。単純に身投げだとする証拠は何もないのである。

「旦那、人手がいるかもしれませんね」

小者の平次がそんなことをいう。直吉郎も調べが手こずるなら、人を増やす必要があると考えていた。

それからふいに立ちあがり、死体に掛けてある筵をめくってみた。女の顔を仔細(しさい)に見、特徴を脳裏に焼きつける。

視線を顔から首、そして襟に移したとき、あれ？　と思った。

「平次、これを見てみな」

直吉郎は死体の襟のあたり、それから袖のあたりを指さした。

「あッ」

平次の瓢箪面から小さな声が漏れた。

「さっきまで着物が濡れていたからわからなかったが、いまは乾きはじめている。これは返り血だろう」

「模様じゃありません」

平次が応じる。

直吉郎は返り血を吸っている着物の襟を指でつまんだ。もっと血を浴びていただろうが、川の水で薄められたか落ちたのだ。

「ひょっとすると、顔や首や手も血だらけだったかもしれねえ」

直吉郎はそういって平次と顔を見合わせた。

そのとき、戸口に人があらわれた。しゃがんでいた直吉郎が顔を振りあげると、藤吉だった。

「おめえか。藤吉、こいつァただの死体じゃなかったぜ」

「どうかしたんですか？」

「いま話すが、そっちのは？」

直吉郎は藤吉が連れてきた職人ふうの男を見た。

「こっちは忠七さんという仏具師なんですが、きのうからおかみさんが家に戻っていねえらしいんです。それで念のために見てもらおうと思いましてね。なんでも右の耳たぶの後ろに黒子があるそうなんです」

直吉郎はそこまで見ていなかったので、死体の耳を見た。黒子があった。だが、その前に忠七が声をあげていた。

「う、うっそだろ。おたつ、おたつじゃないか。まさか、まさかと思って来たのに……」

忠七は死体にすがりつくように膝をついた。

「おまえさんの女房だったか……」

直吉郎は驚きながら声をかけたが、忠七は首を振りながら、

「そうじゃありませんが、あっしと……あっしは……」

と、声を詰まらせて涙を流した。

「忠七といったな」

「はい」

「あがって話を聞かせてくれ」

しゃがんでいた直吉郎は立ちあがって、忠七を書役らのいる居間に促した。

五

「それじゃ、おまえとおたつは夫婦じゃないが、いっしょに暮らしていた。そういうことだな」

直吉郎は忠七をまっすぐ見て訊ねる。

忠七の話はなかなか要領を得なかったが、ようやく理解できてきた。

「あっしは夫婦の契りをしたかったんですが、おたつは年だからこのままでいいといっておりまして、それでずるずると半分夫婦で半分夫婦でないような暮らしをつづけていました」

「うむ、それでおたつは昨日から帰っていないというのはほんとうだな」

直吉郎は忠七を凝視していう。

隣では書役の久兵衛が、さっきから口書(くちがき)をとっていた。

「嘘(うそ)はいっておりません。いなくなったのは、昨日いっしょに朝飯を食ったあとです。出かけてくるからといって、そのままいなくなりまして……」

「どこへ行くとかいわなかったのか？」

「おたつはいつも行き先をいいません。ですが、あっしにはわかっておりました。あれには男がおりまして……」

「男」

「はい、小宮山(こみやま)様という旗本です。おたつはその方の妾(めかけ)をやっていたんです。通い妾というんでしょうか……」

「おまえはそれを知りながら、おたつと住んでいたってわけか。それでおたつの相手の小宮山様はどこに住んでいて、どんな人なのかわかっておるんだな」

「住まいは牛込(うしごめ)の軽子坂(かるこざか)です。旗本だけど、無役と聞いております」

「小宮山なんという？」

「小宮山万次郎様です。もう六十過ぎのご老体なのに……」

忠七は悔しそうに唇を噛み、着物の袖で涙をぬぐった。

「それでもう一度聞くが、おまえの家は本郷金助町にある留蔵店だな」

「さようです」

直吉郎は平次に調べてこいと目配せした。平次は心得顔で自身番を出ていった。

「繰り返しになるが、おたつは昨日の朝家を出て行って帰ってこなかった。それはおまえと喧嘩をしたから、ということではないのか？」

「喧嘩なんかしておりません」

忠七は首を振ってきっぱりという。

「しかし、おまえの心中は穏やかではなかったはずだ。おたつはおまえといっしょに住みながら人の妾にもなっている。むろん、小宮山万次郎様にも歯がゆい思いをしたのではないか。おたつを恨んだり、腹を立てたりしたこともあるだろう。」

「そりゃときには……」

「殺してやろうと思ったこともあった」

直吉郎は探るような目を忠七に向ける。

「できるならそうしたいと思っておりました。ですが、そんなことはできるもんじゃありません」

直吉郎はぴくっとこめかみの皮膚を動かした。

「おたつは身投げしたのか、誰かに突き落とされたのか、その辺のことはわからぬが、返り血を浴びていた」

忠七は「ヘッ」といって顔をあげた。

「大半は川の水で流されたようだが、着物には血で汚れたしみがある。それはつまり、おたつが誰かと争ったからであろうが、そのことに心あたりはないか?」

「いえ、そんなことは……」

忠七は顔色をなくして首を振った。

「その相手はおまえではないようだが、さて誰であろうか? ひょっとすると小宮山万次郎様か……」

直吉郎は独り言のようにいって、壁の一点を見つめた。もし、相手が小宮山万次郎なら厄介(やっかい)である。無役とはいえ相手は旗本。町奉行所は武家の調べには慎重になる。なぜなら職務の基本が、江戸市民の安全を守るために人民の訴訟と犯罪者の裁決をするのが主で、武家と寺社への介入はできないからだった。

「まさか、おたつが刃傷沙汰を起こしたと」

忠七は体を竦ませて、声をふるわせた。

「そりゃまだわからねえことだが、おたつが返り血を浴びていたのはたしかなことだ」

それから半刻（一時間）ほどして、小者の平次が戻って来た。

「たしかにおたつは、この忠七と住んでいました。それで、昨日の朝おたつが長屋を出て行くのを見たものが何人かいます。忠七の話に食い違いはないようです」

「二人の仲はどうだった？」

平次はその辺まで突っ込んで聞いているはずだった。

「とくに仲が悪いという話は聞きませんでした。たまに口争いはしていたようですが、声を荒らげるのはおたつのほうだったと、長屋のものはいいやす」

「おたつは昨日の朝長屋を出て、そのまま長屋には帰っていない。それはたしかだな」

「たしかなようです」

「忠七のほうはどうだ？」

平次に問いかける直吉郎に、忠七がギョッとした顔を向けた。

「日暮れ前に近所に出かけたようですが、あとはずっと長屋にいたようです。木戸番も夜中に抜けだした様子はなかったといいます」

つまり、忠七がおたつを神田川に突き落としたのではないか、という疑いは消えたことになる。

「親方、口書を清書しておいてくれ。おれは小宮山万次郎様に会いに行ってくる。平次、藤吉、ついてこい」

そういって立ちあがった直吉郎は、忠七を見た。

「おたつのことは、大家と相談することだ。死体はこの番屋のものたちと長屋に連れて帰れ。気の毒なことになったが、なぜこうなったかははっきりさせてやる」

忠七はお願いいたしますといって、頭を下げた。

六

浜町堀に架かる汐見橋のそばで客を降ろした伝次郎は、器用に棹を使って舟を反転させると、首筋につたう汗をぬぐいながら、舟提灯をつけるかどうか少し迷った。

もうそんな刻限なのだ。西の空にあった弱々しい日の光も、いまは見られない。河岸道にも提灯のあかりが見えるようになっていた。

「やっぱりつけるか……」

もう客を乗せるつもりはなかった。舟提灯をつければ、声をかけられやすいが、闇に覆われた川をわたるのは危険だった。

舟提灯をつけると、煙草を喫んだ。

今日は長かったと思う。早朝に神田川の昌平河岸まで行き、約束していた老夫婦を乗せるはずが、死体を見つけてしまった。その調べに付き合ってから仕事に戻ったのだが、客はつぎからつぎへとつながった。

拾った客を行き先で降ろすと、すぐそこで声がかかってくるの繰り返しだったのだ。めずらしいことだった。そのせいで、水死体となっていた女のことを忘れていたが、

「いったいあの女……」

と、いまになって思いだした。

煙管の雁首（がんくび）を舟縁に打ちつけると、明日にでも死体の女がどうなったか聞きに行こうと思った。棹をつかみ直して、ゆっくり舟を滑らせる。

河岸道にある店の軒行灯（のきあんどん）のあかりが水面に映り込んでいる。この先には大川（おおかわ）に出るまで、いくつもの橋がある。

順番に、千鳥（ちどり）橋・栄（さかえ）橋・高砂（たかさご）橋・小川（おがわ）橋・組合（くみあい）橋・川口（かわぐち）橋となる。

栄橋を過ぎたあたりから左は大名屋敷や武家屋敷地となり、河岸道の人影が少なくなる。右には町屋がつらなるが、やはり夜の帳（とばり）が下りたあとの人通りは少ない。

それは小川橋の手前まで来たときだった。左手の河岸道から駆けてきた二つの黒い影が、橋の上で重なるようにぶつかったのだ。

一方が何か短く怒鳴り声を発し、もうひとりの男を橋の欄干（らんかん）に押しやり、首を絞

めにかかった。

伝次郎ははっとなって、舟を岸につけると、身軽に河岸道に飛びあがった。

「やめねえか！　何をやってる！」

欄干に背中をぶつけて、押さえ込まれていた男が、相手の腹を蹴った。仲裁に入る伝次郎に、二人は気づいていないようだった。

腹を蹴られて倒れた男は、すぐに立ちあがり、逃げようとした。そこへもう一方が刀を抜き払って、斬り込んでいった。

「わッ！」

悲鳴をあげた相手は慌てて逃げにかかった。

刀を持った男は、

「もう逃がさぬ」

と、意気込んでほうほうの体で逃げようとする男を追いかける。

「待たれよ、待たれよ」

伝次郎は刀を持った男の肩をつかんで引き止めた。

「何をするッ！　邪魔をするなッ！」

男は伝次郎の手を振り払うと、ギンと血走った目でにらみつけ、再び逃げた男を追おうとした。

「しばらくお待ちを。ここは市中だ。何があったか知らねえが、刃傷はよくない」

伝次郎は宥めようとするが、相手は憤怒の形相で、食ってかかってきた。

「なぜに邪魔をしやがる。きさまのせいで逃げられたではないか。これをどうしてくれるんだ！　何も知らずに手出しなどしおって、無礼千万、あやつの代わりにきさまを斬ってくれる」

逃げた男の姿はもうどこにもなかった。

「待て待て。早まってはいかん」

無腰の伝次郎は下がりながら、相手を制するように片手をあげる。

「黙れッ！」

男は躊躇いもせずに斬り込んできた。

これは危ないと思った伝次郎は、さっと半身を捻ってかわすと、素早く相手の右側にまわり込み、刀を持つ腕をつかんだ。

「うっ……」

男は刀を振れなくなった。

「市中での斬り合いは御法度だ」

「何をしゃらくさいことを。放せ、放さぬか!」

伝次郎は刀を持つ相手の腕のツボを強く押さえて、手首を捻った。直後、相手の手から刀が落ちた。伝次郎はその刀を遠くに蹴った。

「落ち着け。おれは止めに入っただけで」

「く、くそっ……」

男は吐き捨てると、そのまま両膝を橋板について、膝のあたりを何度も拳でたたいた。

「きさまが邪魔をしなけりゃ。どうして、こんなところで邪魔が入るのだ」

くくくっと、男は悔し泣きをはじめた。

「すまぬ。なにかおれは早まったことをしたのかもしれぬ」

いまさらではあるが、伝次郎は男の様子を見てそう思った。

男はうつむいたまま肩を揺するようにして、しばらく泣いていたが、もう一度伝次郎をにらむように見て、

「余計なことをしやがって……」

と小さく吐き捨てて、ゆっくり立ちあがった。だが、そこで力をなくしたように、へなへなと倒れてしまった。

「おい、どうした。しっかりしろ」

伝次郎は駆けよって男の様子を見た。あたりが暗いのでわからなかったが、相手の男はまだ若かった。おそらく十五、六歳と思われた。

「大丈夫か？」

抱きかかえるように半身を起こしてやると、

「もう精も根も尽き果てた。腹が減った」

と、さっきの威勢はどこへやら、情けないことを口にした。

「何があったのか知らぬが、とにかくその辺で話を聞こう」

七

少年の名は山本竜太郎（やまもとりゅうたろう）といった。伝次郎が見当をつけたとおり十五歳だった。

「それじゃ敵討ちの旅を……」

伝次郎は話を聞いて啞然となった。

「いかにも。もう少しで本懐を遂げられるはずだったのだ」

飯を食ったせいか、竜太郎の顔に生気が戻っていた。

二人がいるのは、小川橋のすぐそばにある小さな一膳飯屋だった。

「そうとは知らずに、申しわけないことをした。このとおり謝る」

伝次郎は両手をついて頭を下げた。

「いまさら遅いわい。苦労してやっとあやつを見つけたというのに……」

竜太郎は大きなため息をついて、茶を飲んだ。

敵討ちの経緯はこうだった――。

それは、丹後宮津藩の家臣で竜太郎の父・竜之介が参勤で江戸詰めになっているときのことだった。茂平次という中間が、遊ぶ金ほしさに、いっしょに外出をしていた主の竜之介を殺して金子を盗み、そのまま逃げてしまったのである。

それで長男の竜太郎と母のりよは、敵討ちの願いを出した。藩がこれを認めてくれたので、竜太郎とりよは敵討ちの旅に出た。

申すまでもなくりよは、殺された竜之介の妻である。国許を発ったりよと竜太郎は、少ない手掛かりを頼りに、茂平次を追う旅をつづけた。

もう少しで捕まえられそうになったのは、高野山から伊勢を経て、木曽路に入ったときだった。だが、そこでりよが体調を崩し、茂平次を追うことができなくなった。

それでも竜太郎は母のりよを庇いながら茂平次を追いつづけた。また、りよも夫の無念を晴らすべく力を振り絞っていた。だが、やっとの思いで碓氷峠を越え上州に入ったとき、りよは高熱を発して倒れた。

竜太郎は三日三晩寝ずの看病をしたが、その甲斐もなくりよは夫・竜之介のもとに旅立っていった。

以来、竜太郎はひとりで敵討ちの旅をつづけているのだった。

「それで、これからどうするんです？」

伝次郎はへりくだって訊ねる。

「茂平次を探すしかない。わたしには……」

竜太郎は、途中で大きな欠伸をした。腹が満ちたので眠くなったのだろう。

「ひょっとするとだいぶお疲れなのでは……」

伝次郎は竜太郎の若々しい顔を見る。長旅でよく日に焼けているが、肌つやは少年そのものだった。

「じつはあまり寝ていないのだ」

「宿はどこです？　お送りします。それから、なにか力になれることがあれば、遠慮なくいってください」

竜太郎は眠そうな目をこすって、伝次郎を見つめた。

「宿はない」

「それじゃこれから宿を探すのですか？」

「いまおぬしは、力になれることがあったら遠慮なくいってくれといったな」

竜太郎は澄んだ瞳を向けてくる。

「はい」

「では、今夜はおぬしの家に泊めてもらえぬか」

「なんだ、そういうことでしたらお安いご用です」

伝次郎はふっと安堵の息をついて微笑んだ。

店を出ると竜太郎を舟に乗せ、浜町堀を出て大川をわたった。夜風は冷たくなっていて、川を吹き抜ける風はさらに身を引き締めた。

だが、竜太郎はよほど疲れているのか、舟の中で眠りこけてしまった。風邪を引かれてはたまらないので、伝次郎は船頭半纏をかけてやった。

伝次郎はなるべく舟が揺れないように、棹をさばいた。川波を避けるように棹をさばくのは容易ではない。

櫓三月棹三年といわれるが、伝次郎はいまだ船頭の師匠である故・嘉兵衛の域には達していないと思っている。

舟の揺れが気持ちよいのか、竜太郎はすっかり寝入っている。寝顔が舟提灯のあかりを受けている。まだ大人になりきれない幼い面立ちだ。

その顔が死んだ長男の慎之介と重なって見えた。

舟置き場にしている六間堀に架かる山城橋のたもとに着いたのは、宵五つ（午後八時）に近い刻限だった。

「竜太郎さん、起きてください。着きましたよ」

肩を揺すって声をかけると、竜太郎はゆっくり目を開け、もう着いたかといって、目をこすった。

「伝次郎、おまえはひとりか？　女房子供がいたら迷惑をかけるな」

竜太郎は河岸道にあがってからそんなことをいった。

「ご心配なく。わたしは独り身です」

「さようか。では世話になる」

「なんの遠慮もいりませんので、ゆっくりしてください」

伝次郎には竜太郎に対して申しわけないことをしたという負い目もあるが、何となく楽しい気分にもなっていた。

松井町（まついちょう）一丁目の福之助（ふくのすけ）店が、伝次郎の長屋である。路地には各家のあかりがこぼれていた。伝次郎は先に立って、こっちですと竜太郎を案内する。

「やっとお帰りか」

それは伝次郎が戸に手を掛けたときだった。

奥の井戸端の暗がりから声をかけてきたものがいた。

「誰だ？」

伝次郎は目を凝らして黒い影を見た。

第二章　岡っ引き

一

「おれだよ」

近づいてきたのは、湯島一丁目の岡っ引き・藤吉だった。

「なんだ、親分だったか」

「ご挨拶だな。さんざん待っていたんだぜ」

「それはすまねえことをしたが、なにか……」

「今朝の仏さんのことで用がある。中村の旦那から言付け(ことづ)を預かってるんだ。それを伝えなきゃならねえ」

藤吉はいいながら、竜太郎をちらちらと見た。

「こちらは山本竜太郎さんとおっしゃる。ちょっとした知りあいだ。まあ、とにかく中へお入りなさい」

伝次郎は二人を家の中に入れて、居間で向かいあった。

「こちらは湯島の親分さんです」

伝次郎がそう紹介をすると、竜太郎は怪訝(けげん)そうに首を捻って、

「親分……？」

といった。

「目明かしですよ」

藤吉はそういって十手を見せた。

「ほう、そうだったか。わたしが邪魔なら席を外すが、いかがする？」

「そうですな。血腥(ちなまぐさ)い話をしなけりゃなりませんが、聞いてもらってもかまいやしませんよ。それに、席を外すといっても、向こうの部屋に行ったところで話は筒抜けでしょう」

藤吉は奥の間を顎でしゃくっていう。奥は伝次郎が寝間に使っている部屋である。

「ま、とにかく聞こうか」

伝次郎が二人の顔を見ていうと、早速、藤吉は本題に入った。

「今朝おまえさんが拾いあげた女は、おたつという名だった。夫婦ではないが、忠七という内縁の夫がいた。こいつあ居職（いじょく）の仏具師だが、おたつの死には関わっちゃいねえ」

竜太郎は要領を得ないというか、面食らった顔で耳を傾けていた。

「その忠七からいろいろ話を聞いてわかったことがある。おたつは小宮山万次郎という無役の旗本の通い妾だった。それで、おれたちゃ小宮山万次郎様の屋敷を訪ねたんだが、これがひでえことになっていた。煙草、いいかい」

伝次郎は隣の間に行って煙草盆を持ってきてやった。藤吉は煙管を吸いつけてから話をつづけた。

「小宮山様の屋敷を訪ねたが、門が閉まっていて入ることができなかった。それで出なおそうとしたら、隣のお武家が急ぎの用ならと、小宮山様の倅（せがれ）の家を教えてくれたんだ。これは倉内芳次郎（くらうちよしじろう）という人で、倉内家に養子に入っていた。ま、それはどうでもいいんだが、倉内芳次郎様の案内を受けて、もう一度小宮山様の屋敷に戻ったんだが、これがひでえことになっていてな」

藤吉は煙管を灰吹きに打ちつけながら間を置いた。

「ひでえとは……」

伝次郎が先を促す。

「まず、小宮山様の奥様は、お松(まつ)様とおっしゃるんだが、門を入ったところで殺されていた」

「なに……」

伝次郎は眉を動かした。

「それから玄関に入ったところに子供が倒れていた。息はなかった。この子供は倉内芳次郎様の次男・鉄之輔(てつのすけ)様だった。年は四つだ」

「それから奥座敷から妙なうめき声が聞こえてくるんで、そっちに行くと、主の小宮山万次郎様が両手両足を縛られ、口に猿ぐつわを噛まされていた」

「死んではいなかったのだな」

「殿様は生きておられた」

「鉄之輔という子供と奥様を殺したのは？」

「おそらくおたつだろう。凶器は鋏だ。血まみれになった鋏が、玄関脇に落ちていた」

「おたつはなぜ、そんなことを？」

「そんなのおれに聞いたってわかるわけねえだろう。それに、おたつはもう死んじまってんだ」

「おたつは小宮山の殿様の妾だったのだな。それを、おたつの内縁の亭主だった忠七は知っていたんだろうか」

「知っていた。おれもやつを疑ったさ。だが、やつにできる仕業じゃない。それに、殺しが行われた頃にも、おたつが死んだと思われる時刻にも、忠七は長屋にいたことがわかってる」

「ふむ」

「とにかく今日は朝からそのことであちこち駆けずりまわっていたんだが、妙なことに中村の旦那がおめえに助をしてもらいたいといってるんだ。それで、明日の朝、湯島の番屋に来てくれってことなんだが、どうだい」

藤吉は探るような目を向けてくる。

「まあ、来いといわれれば、断れないだろう」

そう答える伝次郎は、直吉郎が自分のことを、藤吉にどこまで話しているのだろうかと考えた。

「なんだか、妙なんだが、おめえさんと中村の旦那は昔からの付き合いなのかい？何となくそんな感じじゃねえか」

「まあ、いろいろお世話になった人だ」

「それじゃ手先仕事でもしてたんだ」

「まあ……」

伝次郎は言葉を濁した。正直に打ち明けてもよいが、それは自分でいうことではないと思った。

「とにかくちゃんと伝えたからな」

「たしかに」

「こっちの若いお武家は、なんだ、おめえさんのお客か」

藤吉は竜太郎をちらりと見て聞いた。

「そうだ。いろいろと事情があってな」

「どうもおめえのことはしっくりわからねえが、いろんな事情がありそうだな。ま、とにかく明日の朝、番屋に顔を出してくれ」

二

「さあ、召しあがってください」

伝次郎は湯気の立つ味噌汁を、竜太郎にわたして勧めた。

「そなたは顔に似ず器用だな。こんな料理ができるとは……」

「料理といえるものじゃありませんが、さ、食べましょう」

伝次郎は飯を頰ばった。

竜太郎が起きる前に飯を炊いて、味噌汁を仕込んでいた。干し鰈を焼き、海苔を軽く炙った二品がおかずだった。

障子越しの明るい光が竜太郎にあたっていた。

「昨夜はよく眠れたようですね」

「ああ、ぐっすりだ。出しゃばったことをされたが、世話にもなった」

「ほんとに昨夜は余計なことを……。このとおりです」

伝次郎は箸を置いて、改めて頭を下げた。

「もうよい。あやつが江戸にいることはわかっているんだ。必ず探しだして決着はつける」

竜太郎は目を光らせていうと、がつがつと飯を頬ばった。

「今日もその茂平次という敵を探すのですね」

「むろんだ」

「それで今日はどこにお泊まりで……」

竜太郎は動かしていた箸をはたと止めて、弱り切った顔をした。

「もし、よければこの家を使ってもかまいませんよ。思いを果たされるまでここに寝泊まりされても結構です」

「まことか……」

竜太郎は身を乗り出して、目を輝かせた。

「それぐらいするのは当然です。遠慮はいりません」

「助かる。じつはどうしようかと困っていたのだ。正直なことを申せば、路銀も尽き、この先のことが不安だった。宮津藩の江戸屋敷を訪ねれば、何とかなるかもしれないが、いまは江戸に知っている人がいない」

「そうであればなおさらのこと、ここを使ってください」

「すまぬ伝次郎。礼を申すぞ」

「礼など。さ、その前に飯を……」

伝次郎は食事を勧めるが、竜太郎は箸を止めてまっすぐ見てきた。ひとつ聞いてよいかという。

「なんなりと」

「そなたは、元は武士であろう」

「………」

「見たのだ。そっちの部屋に刀が隠されていた。それに立派な羽織や袴もある。侍をやめて船頭になったのか？」

伝次郎はどう答えてよいものか、短く迷った。だが、竜太郎は長逗留するかもしれない。それなら隠しておかないほうがいいだろう。

「じつは町奉行所の同心でした」

「やはり……」

「話せば長くなりますが、やむなく同心をやめて船頭になったのです。ただ、竜太郎さんと似たようなことがあります」

「それは……」

「わたしも敵討ちをしなければならなかった。津久間戒蔵という男に妻と子を殺されたのです」

「なにッ……」

竜太郎は飯碗と箸を高足膳に戻した。

「殺されたのは妻と子だけでなく、使っていた中間と小者も……詳しいことはまた話しましょう。わたしは番屋に行かなければなりません」

「伝次郎、あ、いや沢村様、それで敵は討たれたのですか？」

「討ちました」

伝次郎は口許にやわらかな笑みを浮かべて答えた。それから、呼び捨てでかまわないといった。

「呼び捨てになどできません。そうとは知らず無礼をいたしました」

「無礼をしたのはわたしです。さ、飯を……」

伝次郎はそういって箸を動かした。

「沢村様、ほんとうに甘えてよいのですか。ご迷惑でしたらそうおっしゃってください」

「迷惑ではありませんよ。好きなだけ、その敵を討たれるまでここにいてもかまいませんよ。もう一度いいます。伝次郎でよいです。みんなそう呼んでいます。わたしはいまや一介の船頭に過ぎません」

「では伝次郎さんと呼ばせてもらいます。代わりにわたしにも、かしこまらないでください。堅苦しいことはお互いにやめましょう」

「さようですか。では、竜太郎と呼び捨てにしようか」

伝次郎が親愛の情を込めた笑みを浮かべれば、

「それでいいです」

と、竜太郎は嬉しそうに破顔した。

「昨日逃げられた敵のことだが、どうやって探す？　なにか追う手掛かりはあるのか？」

伝次郎は早速砕けた口調に切り換えて、問うた。

「やつが江戸にいるのはわかっています。それに、やつが立ち寄りそうなところもいくつかわかっています」

「江戸から逃げられたら……」

「それは困りますけど、いずれにしろ今日の調べである程度のことはわかるはずです」

「ふむ、敵の茂平次という男だが、剣の心得はあるのだろうか？」

「ないはずです。そんなことは聞いておりませんので……」

「今夜もう少し詳しいことを聞かせてくれないか。迷惑でなかったら力になりたい」

「……わかりました」

三

湯島一丁目の自身番にはすでに中村直吉郎と、小者の平次の姿があった。それに三造というもうひとりの小者の顔もあった。

「お久しぶりです」

真っ先に声をかけてきたのは三造だった。丸顔の中にある目を細め、嬉しそうな笑みを向けてくる。

「元気そうで何よりだ」

伝次郎は声を返して、直吉郎に挨拶をした。部屋にはあがらず、上がり框に腰掛ける。

「藤吉からあらましは聞いてると思うが、ちょいと面倒なことになった」

直吉郎はずるっと音をさせて茶を飲み、短い間を置いて言葉をついだ。

「おたつは小宮山万次郎様と別れ話をしていたらしい。それがもとで、おたつが腹を立てて非道な狼藉をはたらいたということになるが、なんだかしっくりこねえ」

「と、おっしゃると……」

伝次郎は直吉郎の切れ長の目を見て問うた。

「死人に口なしだが、おたつはなぜ万次郎様でなく、奥様や孫を殺めたのかということだ。別れ話のもつれだとしたら、別れをいやがったおたつが万次郎様を殺めたというのが筋だろう。しかし、万次郎様は縛られて猿ぐつわを嚙まされていただけだ。猿ぐつわをされたのは五つ（午後八時）頃で、それから半刻ほどあとに悲鳴らしき声を聞かれている」

そういわれると、たしかにおかしい。

「まあ、奥様を手にかけたのはそれなりの思いがあったと考えることもできるが、おたつはたまたま遊びに来ていた、万次郎様の孫をも手にかけてやがる。おたつが孫の鉄之輔様を恨む筋合いはないだろうし、相手はまだ幼子(おさなご)だ。なぜ、おたつはそんなことをしたのか、どうにも納得がいかねえんだ」

「他に下手人がいると……」

伝次郎はまっすぐ直吉郎を見る。

「そりゃわからねえ。だが、どうにも引っかかってしかたねえ。かといって相手は旗本だ。殺しが絡(から)んでいるとしても、いらぬ穿鑿(せんさく)はできねえ。公儀目付(こうぎめつけ)も調べに入っているはずだからなおのことだ」

「目付からなにかいってきてるので……」

武家と町人の絡んでいる事件で、それを最初に町奉行所が調べたとしても、公儀目付は町奉行所の介入を嫌うことがよくある。

「まだ、それはないが、相手は無役とはいえ旗本、下手な調べはできない。鉄之輔様の父御は二百俵取りの大番士だ」

「……………」

旗本相手の調べは厄介だな、と伝次郎は心中で思う。

「名は倉内芳次郎様、奥様はみつ様とおっしゃる。この二人からも万次郎様について聞きたいことがある。いや、聞かなきゃならねえ」

伝次郎は直吉郎が何をいいたいのか、何を望んでいるのかすでにわかっていた。

一度息を吸って吐き、自身番の表に目を向けた。

今日も秋晴れで青空が広がっている。

直吉郎は自分の助を期待している。それは、おたつの死体を自分が最初に見つけたからだし、自分がこの一件からあっさり手を引かないと思い込んでいるからだ。むろん、伝次郎は助をしてもよいのだが、竜太郎のことが心に引っかかっている。

「倉内様のお屋敷は？」

伝次郎は直吉郎に顔を向け直して聞いた。

「小川町だ。小栗坂の途中にある。だが数日は通夜や葬儀などと慌ただしいだろう。小宮山様のほうも然りだ」

「それじゃ、二、三日待っての調べということですか」

「そうなったら目付の調べに遅れを取るだろう。おれたちゃ、小宮山の殿様の周辺を探りたい。それと倉内芳次郎様もだ」

倉内芳次郎は、小宮山万次郎の次男で養子として倉内家の婿になっているのだった。万次郎の長男は、その縁組の数年後に病死していると、直吉郎が説明を加えた。

「おたつの内縁の夫だった忠七から、もう一度話を聞くべきではありませんか」

「それは承知之助さ。藤吉がもうじき連れてくるはずだ」

どうりで藤吉の顔がなかったはずだ。

「中村さん、藤吉にはおれのことはもう話してあるんで……」

「いや、頼りになる助っ人だといってあるだけだ。おまえもそっちのほうが気が楽だろう。こいつらもその辺のことはちゃんと心得てる。……話したけりゃおまえからすることだ。おれたちゃ黙ってるほうがいいだろう」

直吉郎は小者の三造と平次を見て煙管をくわえた。

伝次郎は直吉郎の気配りに感謝した。自分のことをいちいち話すのは面倒である。藤吉には船頭だと思わせておけばいい。

その藤吉が忠七を連れてやって来たのはすぐのことだった。忠七は詰めている人の多さに臆したのか、肩をすぼめ、怯えるような目で伝次郎たちを見て、直吉郎の前に座った。

自身番は狭いので、直吉郎が忠七の話を聞く間、伝次郎たちは表の床几で待つか、上がり框に控えめに座っていた。

直吉郎は忠七の気を楽にさせるために、身近な世間話からはじめて、本題に入った。

「それでおたつの通夜や葬儀はどうなった？」

「大家さんと相談したんですが、事が事ですから、あまり大袈裟にしたくありません。知っている寺に頼んで簡単にすますことにしました」

「それがいいかもしれねえな。で、おまえはおたつと、いつからの付き合いなんだ？」

「七年ほど前からです」

「おたつはおまえさんより五つばかり年上だったな。年上女房は金の草鞋を何とかっていうぐらいだ。面倒見のいい女だったかい」

「まあ悪いほうじゃありませんでした。あっしはしがない職人ですけど、おたつは人付き合いがうまいんで、あっしの気のつかないことをよくやってくれました」

「そうかい。で、小宮山万次郎という殿様とおたつがくっついたのはいつだ？」

「あっしは気づかなかったんですが、おたつは前から小宮山の殿様のお世話になっていたんです。あっしは女中仕事をしに行ってるのだとばかり思っておりました」

「ところが通い妾だった。そのことを知ったのはいつだ？」

「それはおたつといっしょに住むようになって、二年ばかりたったころでした。おたつが打ち明けたんです。じつはそうだったと。そんな自分のことがいやなら、おたつは黙って家を出て行くといいました。あっしはそれはいやだから、引き止めました」

「他の男の女になっていたんだ。なんとも思わなかったのか？」

「そりゃ淋しい気持ちになりましたし、悔しかったです。殿様とおたつを嫉みもしましたが、おたつと別れることはできないんで、あっしが我慢するしかなかったんです」

「ここ数日のことだが、おたつに変わったことはなかったか？」

「そのことをよく考えたんですが、とくに変わったことはありませんでした。一昨日だっていつもと同じ様子で家を出て行きましたし……」

「小宮山の殿様は別れ話を持ちだしていたそうだが、それはどうだ？」

「聞いてます。おたつは別れてもいいけど、いまはいやだといってました。あっしは早く別れちまえと心の中で思ってましたが、口には出しませんでした」

「なぜ……」

「おたつはそのことになると、いい顔をしないんです」

「おたつは、なぜいま別れるのはいやだといったんだろう？」

「さあ、それは……」

上がり框に座ってやり取りを聞いている伝次郎は、ちらりと二人を見て、また表に目を向けた。舟でこっちに来るとき、伝次郎は直吉郎の助仕事を断ろうと思っていた。もちろん、断ってもいいし、それを口にすれば直吉郎もごり押しはしないはずだ。

しかし、いまはどうしようかと、伝次郎の心は揺れていた。

直吉郎の推量を入れた話と、忠七の話を聞いていると、この事件には納得のいかないものを感じる。もちろん、二人が誰に殺されたかは、わかっているから、これで決着をつけてもよい。

それでも、直吉郎が調べを進めようとしているのは、やはり事件自体に疑義を抱いているからだ。

「おたつは手当をもらっていたんだな」

「いくらかはわかりませんが、もらっていました。まあ、そのお陰もあって、あっしらの暮らしはよそ様に比べると楽でした」

二人のやり取りは、それからもしばらくつづいた。聞き耳を立てている伝次郎は、忠七の証言を咀嚼吟味していたが、とくに気にかかるようなことはなかった。

いえるのは、忠七が一途におたつに惚れていたということだろう。

そして裏を返せば、旗本の情人になりながら、堅気の仏具師とも暮らしていたおたつは、図太い女だったようだ。

「忠七、呼び出して悪かったが、また何かあったら、今度はおれのほうから訪ねていくことにする。ご苦労であったな」

直吉郎は忠七を帰すと、伝次郎をそばに呼んで耳打ちした。

「小宮山万次郎様の倅、倉内芳次郎様のことをそれとなく探ってくれねえか。まずは周辺の人間からあたってくれると助かる」

伝次郎は直吉郎の目を見て、小さくうなずいた。頼む、おまえの力を借りたいんだ、という意思がありありと直吉郎の目に浮かんでいた。

(これじゃ断れないか……)

伝次郎は観念して、

「わかりました」

と、短く応じた。

四

「茂平次……」

そうつぶやいた男は、視線を短く泳がせて首をかしげた。

そこは村松町に隣接する武家地で、旗本屋敷が多い。昨夜、鈴木某という旗本屋敷で小さな賭場が開かれていた。

竜太郎はそこに茂平次が遊びに行ったのを知り、辛抱強く待ち伏せしていたのだった。

「ときどき亀蔵と名乗ることもある」

「ああ、そいつだったら何となくわかりますよ」

竜太郎は目を光らせ、男に一歩詰め寄った。相手は近所にある米屋の御用聞きで、小遣い稼ぎに賭場の見張り役をしていた。

「どこに住んでいるかわかるか？」

「さあ、それはわかりませんが、ときどき遊びには来てます。昨日も来てましたよ。でもなんです。まさかあんたは町方じゃないでしょうね。若いんで違うとは思いますが……」

米屋の御用聞きは、人を見下すような視線を向けてくる。

若いので小馬鹿にされることはよくあるが、竜太郎は気にしないようにしている。いちいち突っかかっていたら、聞ける話が聞けなくなる。それはこれまでの経験で身につけたことだった。

「わたしは役人ではない。じつは敵討ちの旅をしているのだ。探してる茂平次はわたしの父の敵だ」

「ヘッ」

敵討ちのことを口にすると、大概の相手は同じように驚く。

「もう旅に出て一年になろうとしている。母は旅の途中で死んでいる」

「そりゃあ気の毒なことに……」

御用聞きは急に同情的な顔つきになった。

「なんでもいいから、やつの居場所や行き先、あるいはやつを知っているものがいたら教えてもらいたいのだ」

「そういうことでしたか。いや、それだったら、ちょいとお待ちを。知ってるやつがいるかもしれねえんで、ここで待っててください。ひとっ走りしてきます」

御用聞きは一方に駆け去り、町の角を曲がって見えなくなった。

竜太郎は近くの茶店の床几に腰をおろした。

小女(こおんな)がやって来て、注文を取っていった。茶代ぐらいは持っているが、日に日に心細くなってくる。もう懐にはいくらもなかった。

小さなため息をついて、屋根越しに晴れている空を眺める。

昨夜のことが悔やまれる。その悔しさがぶり返しそうになったが、沢村伝次郎という船頭を憎む気にはなれない。

茂平次を逃がしたときには、怒り心頭に発したが、伝次郎に平身低頭で謝られると、それ以上怒る気になれなくなった。もっとも、二日ばかり食うや食わずで、水ばかり飲んでいたので、余分な体力と気力がなかったこともある。

(しかし、伝次郎さんも敵討ちを……)

今朝、そのことを知って驚きもしたが、興味も湧いた。もっと詳しく聞きたかったが、伝次郎さんは妻と子だけでなく、雇っていた中間と小者も殺されている。敵に対する憎悪は、はかりしれなかったはずだ。その気持ちは察するにあまりある。

(それにしてもあの人は……)

心中でつぶやく竜太郎は、伝次郎の顔を脳裏に浮かべた。

当初は大きな船頭だなと思ったが、元は町奉行所の同心だったという。昨夜、夕餉を馳走になりながら、この人はただの船頭ではないと思った、その勘があたっていた。

そして、今朝、朝餉をともにしたとき、伝次郎という人になぜか心を惹かれた。それはうまく言葉にできないが、大きさと頼もしさを感じたのだった。

おそらく伝次郎が、人を大きく包み込むような雰囲気を持っているからだろう。

今朝はよくよく観察するように見たが、伝次郎は逞しい体をしていた。胸板も厚く、腕にも足にも隆とした筋肉がついていた。

いや、魅力を感じたのは、その体つきではない。ときに向けてくるやさしい眼差しと、人を思いやるひとつひとつの言葉、そしてこの人のことだったらなんでも許してしまおうと思わせる、小さな笑み。

竜太郎は殺された父にもない大きさと頼もしさを、伝次郎に感じているのだった。

(不思議な人だ……)

伝次郎に短い思いを馳せた竜太郎は、心中でつぶやき、我知らず苦笑いをしていた。

御用聞きが戻って来たのはそれからすぐだった。

「賭場に出入りしている何人かに聞いてきたんだけど、みんな亀蔵って男のことはよく知らないんだ。出入りしたのは数えるほどしかないからね。手慰み（てなぐさみ）が好きな男だったら、どっかよその賭場にも出入りしてるんじゃないかねえ」

「さようですか……」

「やつが行きそうなショバに、心あたりはあるんですか？」

いくつか見当をつけている賭場があったが、竜太郎は首を横に振った。すると、御用聞きはいくつかの賭場を教えてくれた。

「でも、あんたがそんなところへ行っちゃだめですよ。出入りする門や戸がありますから、そこを見張って調べることです」

「承知している」

「それにしても大変ですね。あ、これはあっしの気持ちです。身の上を知った手前、何もしないわけにはいきませんから」

「いや、わたしはそんなことを望んだのではない」

拒んだが、御用聞きはどうしても受け取ってもらう、出したものを引っ込めるわけにはいかないという。

「あんたよりまだ小さいけど、あっしにも子供がいるんです。その子があんただだと思うと、黙っていられないじゃないですか。ささ、遠慮しないでください」

御用聞きは強引に金包みを、竜太郎の懐にねじ込んだ。

「すまぬ。では、もらっておくがそなたの恩は忘れない」

「恩なんてそんなことはどうでもいいんです。それより親御さんの無念を、ちゃんと晴らしてください」

竜太郎は思いがけない親切に深く頭を下げた。

五

小宮山万次郎の次男・倉内芳次郎のことは、その日の昼前には大まかにわかった。

もっとも人柄と、近所での交際程度ではあるが。

調べているのは伝次郎と、岡っ引きの藤吉だった。

「あまり目立つ動きはやめよう。相手が相手だ」

伝次郎は小川町にある倉内芳次郎の屋敷を離れながらいった。

「目立つって、そんな派手なことはしてねえじゃねえか」

「いや、ここは武家地だ。おれたちがうろつくだけで目立つ。それに相手の次男が殺されたばかりだ。気を使ったほうがいい」

「わかったようなことを……」

藤吉は面白くなさそうに口をとがらしながらも、伝次郎についてくる。

「それじゃ飯でも食うか。小腹も空いてきたし」

藤吉は十手で肩をたたきながらいう。

「そうするか……」

二人は水道橋をわたると、本郷の町屋に足を向けた。

「倉内の殿様を調べても何も出てきやしねえだろう。そうは思わねえか」

本郷元町の飯屋に入ってすぐ、藤吉は愚痴っぽいことを口にした。

「さあ、それはどうだろう。まだおれには何ともいえねえな。あ、おれは菜飯と味噌汁、それに冷や奴をもらおう。飯は大盛りだ」

伝次郎が太った店の女に注文すると、藤吉も同じものでいいと女にいった。

「なんで中村の旦那は、しつこい調べをするんだ。その必要はねえだろう。そう思わねえか。……下手人はおたつなんだからよ」

「まだ、たしかにおたつの仕業だったという証拠はない」

「なんだと」

藤吉はにらみを利かせて、伝次郎を見る。

「おたつは返り血を浴びていたが、鋏を使って鉄之輔という子と、小宮山万次郎様の奥方を殺したかどうかはわからねえ」

「おいおい、馬鹿いっちゃいけねえよ。だから船頭なんかに助を頼むのがおかしいんだよ。笑っちゃうじゃねえか」

藤吉はほんとうに小馬鹿にしたように笑って言葉をついだ。

「たまたまおめえさんは、おたつの土左衛門を見つけただけだろう。まあ、中村の旦那を知っているようじゃあるが……。殺しに使われた鋏もあった。そして、小宮山の殿様はおたつに縛られたといってるんだ。その殿様はおたつと別れ話で揉めてもいた。欲の皮を突っ張らせたおたつが、殿様の女房と、遊びに来ていた孫を見せしめに殺した。そういうことだろう」

「誰がそんなことを決めた」

「なにイ……」

藤吉は眉間(みけん)にしわを刻んだ。

「おたつが子供と奥方を殺しているのを見たものはいない。小宮山の殿様も見ていない。そうだな」

「……………」

「殿様は二人が殺されたときには、奥座敷で縛られて動けないでいたのだ。そして、その殿様を見つけたのは、駆けつけた中村さんだった」

「おれもいたさ」

「では、なおさらのことだ。殿様はおたつが二人を殺すのを見たといっただろうか？　いっていないはずだ」

藤吉は、はっと目をみはった。

「それからおたつが自ら身投げをしたかどうかもあやしい。ひょっとすると誰かに突き落とされたと考えることもできる」

「お、おっ、おめえ、それじゃおたつは殺しの下手人ではなくて、誰かに殺されたっていうのか？」

「そういうことも考えられるんじゃねえか、といってるだけだ。決めつけてるわけじゃない。中村さんだって、おたつの仕業だった、とまだ断言していないはずだ。だから、調べをしているんじゃないのか。お、飯が来た」

太った店の女が菜飯の丼と味噌汁、冷や奴、そして漬け物の入った小皿を置いて下がった。その間、藤吉は苦虫をかみつぶしたような顔で、腕を組んでいた。

「それじゃ、鉄之輔って子供と奥さんは誰に殺されたんだ？」

「それがわからないから調べるんだ。うまいぞ、食おう」

伝次郎はがつがつ飯を頬ばった。

「おい、それじゃ下手人は他にいる、といってるのも同じだぞ。そんなややこしいことになってんのか」

「それはおれに答えられることじゃない」

「なんだ、いったいおめえは」

藤吉は腹立たしそうな顔をして、飯に取りかかった。

「おい、どこへ行くんだ？」

飯屋を出たあとで、藤吉が追いかけてくる。

「倉内家の屋敷だ。まだ、芳次郎様の顔もみつとおっしゃる奥様の顔もわからないんだ。顔をたしかめておきたいだろう」

「だって、おめえ、さっきは目立つから、うろつかないほうがいいといったばかりじゃねえか」

「うろつきはしない。じっと目立たないようにしてるだけだ」

「どうやって?」

伝次郎はじろりと、藤吉を見てから答えた。

「倉内様のお屋敷のそばに水神様があった。あそこからなら、倉内家の屋敷に出入りする人を見ることができる」

「そんなもんあったっけ……」

伝次郎は大きな目をキョロキョロさせる藤吉にはかまわず、水道橋をわたって小栗坂に向かった。

その坂の途中にちゃんと水神を祀った小さな社があった。敷地自体は一坪にも満たないだろうが、水道橋にちなんだ守護神だと思われる。その社の周囲には、柊や楓や竹が植わっていた。楓は赤く色づいていた。

伝次郎と藤吉はその境内に入って、腰を据えた。日はまだ高い位置にある。

「ずっとここにいるのか？」

「殿様の顔をたしかめるまでだ」

「奥方のほうはいいのか？」

「うまく拝めりゃいいが、奥方が表に出てこなきゃ仕方ない」

「殿様だって出てくるかどうかわからないぜ」

「それはないだろう。今日は登城しているらしいが、可愛い倅を殺されているんだ。必ず帰ってくる」

「芳次郎って殿様は、大番組だったな」

「そう聞いている」

大番組は江戸城内の警備をし、ときに必要とあれば市中の警戒にもあたった。十二組あり、そのうちの二組は大坂城と京都二条城に一年交替で在番した。

倉内芳次郎が帰宅してきたのは、日が大きく西にまわり込んだ夕七つ（午後四時）前だった。中間と小者、そして二人の若党を連れていた。

三十歳と聞いていたが、老成した面立ちに見え、実年齢より十歳ほど上に見えた。

その芳次郎が屋敷に消えて間もなくして、運よく妻の倉内みつが門前に姿をあらわした。客を見送るためで、いっしょに見送りに出てきた子供が、

「母上、お坊さんはいつ来るのです？」

と、客が帰ったあとで問いかけたので、そうだとわかったのだった。

みつは夫の芳次郎に比べると、ずいぶん若々しかった。二十六という年齢もあるが、傍目(はため)にはまだ二十歳ぐらいにしか見えなかった。

「運がよかった。さい先いいかもしれねえな」

二人の顔を確認できたので、伝次郎はそういったのだが、

「顔を見たからって安心はできねえだろう」

と、藤吉は苦言を呈した。

「そりゃ、まあそうだ」

そのまま二人は、小栗坂をあとにした。

六

そこは回向院北側の旗本屋敷だった。すぐそばに本所松坂町一丁目があり、その外れにある小さな茶店で、竜太郎は暇をつぶしていた。

ついさっきまで西日が町屋の板壁や戸障子を染めていたが、いまは日が翳り、浮かんでいる雲だけが朱に染まっていた。

しかし、染められたその色も、徐々に明度を落としていた。

目の前を走る一本道は、西は大川に、東は大横川にぶつかる。

竜太郎はその通りの北側にある一軒の旗本屋敷に注意の目を向けていた。その屋敷は、右から三軒目の脇にある路地を入った先にあった。

昼間、親切な米屋の御用聞きが教えてくれた賭場だった。日のあるうちは、人の出入りはない。そのことは経験上すでにわかっていた。

この時季の日没は早い。夕焼けも短く、空が翳りはじめたかと思う間もなく、あたりに宵闇が漂いはじめる。

竜太郎は件の屋敷に入る路地前を何度か往き来した。往来の人の数はぐっと少なくなっている。

家来を連れた旗本家の主たちが、数軒の屋敷に消えていった。代わりに、小者や妻と思われる女性を連れて出かける旗本の姿もあった。

仕事帰りの殿様は肩衣半袴か裃姿だが、私用で出かける殿様は楽な小袖に羽織姿だった。暮れると急に肌寒くなった。

目をつけている路地に、何人かの男たちが入っていった。職人の身なりだった。早めに行って茶を濁しながら、賭場の開始を待つのだろう。

竜太郎はその路地の前に立ったり、横目で観察しながらやり過ごしたりした。何人かの浪人らしい男と目があったが、気にしなかった。

だが、それから小半刻ほどして、誰かの視線を感じるようになった。竜太郎は同じ茶店に長居はできないので、別の店で団子を食って暇をつぶしたりした。

茂平次がその賭場に来るかどうかはわからない。だが、米屋の御用聞きから聞いた手前、蔑ろにはできなかった。

竜太郎は路地の入り口から目を離さず、通りを流し歩いた。すでにあたりは暗くなってきている。

日の落ちる前から居座っていた茶店が、店仕舞いをはじめていた。立てかけられていた葦簀が外され、表に出してあった床几が、店の中に運び込まれている。

店にいたときには見なかった男たちが、片付けをしているのに気づき、

(どこにいたんだ。板場のほうにでもいたのか?)

と、どうでもいいことを考えて、件の路地に入り賭場の行われる屋敷前を素通りした。

「兄さん、ちょいと……」

声をかけられたのはすぐだった。

竜太郎が振り返る前に、声をかけてきた男が目の前にやって来た。さらに、すぐそばに別の男が二人立った。

路地はうす暗いので、相手の顔はぼんやりとしか見えない。

「なにか……」

竜太郎は警戒しながら言葉を返した。

「ちょいと顔を貸してもらおうか。話はすぐすむ」

有無(うむ)をいわせぬ口調で、相手はついてこいと顎をしゃくった。

竜太郎はどうしようか迷った。男たちは剣呑(けんのん)な空気をまとっている。三人とも一本差しである。一応侍のようだが、まともな相手でないのはわかる。

連れて行かれたのは、賭場になる旗本屋敷の裏通りだった。あたりに人の気配はない。

「何か用があるのかい？　日暮れ前からその辺をうろついていただろう」

総髪(そうはつ)に結った髷を乱している男だった。

他の二人は仁王立ちになって、腕を組んで竜太郎に目を据えていた。

「人を待っているんです」

「どこの誰をだい？」

「そんなこと教える筋合いはないでしょう」

男はへらっと口許を緩(ゆる)め、仲間の二人と顔を見あわせて、視線を竜太郎に戻した。

「まだ若いな。いくつか知らねえが、この辺には近づかねえことだ。おまえさんの来るようなところじゃない」

「ここに来る来ないは人の勝手だ。わたしは人を探しているだけだ。見も知らぬ人間に指図を受ける覚えはない」

「ほう。若いのにたいした度胸だ」

いきなり男は拳を突きだした。

竜太郎はまったく虚をつかれた。男の拳は見事に鳩尾(みぞおち)をとらえていた。うっとうめいて、竜太郎は膝を折った。一瞬息が詰まり、すぐに顔をあげることができなかった。

「親はどこの誰か知らねえが、躾(しつけ)がなっていないようだ」

竜太郎は相手に襟をつかまれて、引き寄せられた。

「おれたちがどの屋敷から出てきたか知ってるだろう。そこで何があるのかも、おめえさんは知ってるはずだ。違うか」

「放せ」

竜太郎は相手の腕を強く払った。まだ腹に痛みがあった。

「わたしは茂平次という男を探しているだけだ。その男が出入りしているかもしれないと思って見張っていたのだ」

「なんだ、そうならそうと早くいえばよいだろう」

「茂平次を知っているか？　ときに亀蔵という名も使う男だ」

「人にものを訊ねるにしちゃあ、ずいぶんな口の利き方をしやがる。気にくわねえな」

後ろにいる男がそういって、いきなり尻を蹴ってきた。前につんのめって両手を地面についた竜太郎は、キッと相手をにらみあげた。

そこへ横腹を蹴られて地面に倒れた。

「茂平次なんて野郎は知らねえよ。若造、大人を舐めるんじゃねえぜ」

また蹴られた。

竜太郎は痛みと苦しさに耐え、倒れたまま背をまるめていた。

「今度てめえの面を見たら、ただじゃすまねえからな。よく覚えておけ」

相手はそういうと、また太股のあたりを力いっぱい蹴ってきた。

一方的に痛めつけられただけで、竜太郎は何もすることができなかった。それにすぐに立つことができなかった。

「くそッ……」

歩き去る男たちの後ろ姿を見ながら吐き捨てた。

七

湯島一丁目の自身番で、伝次郎たちはその日のことを報告しあった。直吉郎は小宮山万次郎の身の上をそれとなく探り、お松との夫婦仲が芳しくなかったこと、そしておたつに対する熱が冷めていたこと、家禄だけでは生計が厳しいので、米相場に手を出し一時多大な借金を背負っていたこともわかった。

ただし、その借金をいかに返したのか、厳しい暮らしをどう維持していたのかまではわかっていなかった。

「とにかく小宮山家も倉内家も通夜と葬儀でしばらくは忙しい。直截に調べることは無理なので、外堀から埋めるようにゆっくり調べていこう。それからおたつのことをもっと知りたい。藤吉、おまえにまかせたいが、どうだ?」

大まかにその日の話をした中村直吉郎は、藤吉を見た。

「お安いご用です。おまかせください」

藤吉は頼られたのが嬉しいのか相好を崩した。

「では、まかせた。今日はこのぐらいにしておこう」

それで自然解散となったが、自身番を出ようとした伝次郎を直吉郎が呼び止めた。

「おまえには世話をかけるな。仕事を休ませて申しわけないが、少しだけ助をしてくれ」

直吉郎は他人に聞こえないように、声をひそめていう。

「わかっています」

「埋め合わせはちゃんとするから頼む」

「それは気にしないでください」

伝次郎も声をひそめて応じ返し、口の端に小さな笑みを浮かべた。長年の付き合いである。目つきや顔の表情で、互いの気持ちは読み取れた。

表に出て舟を舫っている昌平河岸に向かっていると、

「待ってくれ」

と、背後から藤吉が追いかけてきた。

「ちょいと話があるんだ。付き合ってくれねえか」

伝次郎は少し考えた。

「なんの話だ？」

「それが気にくわねえんだよ。おめえさん、昨日とずいぶん変わったじゃねえか。口の利き方も、態度も……」

藤吉は粘っこい目を向けてくる。

「そうか」

「おめえさん、船頭だってこと忘れてんじゃねえだろうな。ちっとばかし、中村の旦那の覚えがいいようだが、でけえ面（つら）はさせねえぜ。おれは御番所の旦那から手札（てふだ）と十手を預かってる男だ」

「それはよくわかっている。おれが気に障（さわ）るようなことをしたなら謝る。許してくれ」

伝次郎はあくまでも下手（したで）に出る。藤吉という人間が、十手をちらつかせて意気がっていることは、最初に会ったときにわかった。

そういう岡っ引きは少なくない。もし身近にいても、同心時代はあえて苦言を呈さなかった。やることをやればいい。できなければ、それまでのことだと達観していた。

もちろん不始末は許せないが、目に余る不行状をしたときには、厳しく正してやればよかった。だが、いまはその身分ではない。

「わかりゃいいんだけどよ。町方の手先仕事をやってるからって、いい気になるんじゃねえよ。それから、おれに偉そうに指図をするんじゃねえ。今日のところは目をつぶっていたが、明日からは承知しねえからな」

「わかった。気をつける」

伝次郎より背の低い藤吉は、下からすごむように見あげてきて、十手の先で胸のあたりをつついた。

「わかりゃいいんだ」

伝次郎が黙ってうなずくと、藤吉はくるっときびすを返して自身番のほうに戻っていった。伝次郎はその後ろ姿を見送りながら、やれやれと首を振った。

舟を出したが、闇が濃くなっていた。神田川の左手には町屋のあかりがある。先の橋をわたっていく人の黒い影があれば、右の柳原土手には人の手にしている提灯が柳の枝葉越しに見え隠れしていた。

神田川から大川に出ると、千草の店に行こうと思った。同時に、竜太郎は今日はどうしていただろうかと、心配にもなった。

（もし、敵の茂平次を見つけていたら……）

遠くの空に浮かぶ星あかりを見てそう思うと、ますます気になった。伝次郎は川底に棹を突き立て、舟足を速くした。

いつものように山城橋のそばに舟を舫うと、急ぎ足で家に向かった。長屋の路地を挟んだ両側の家々にあかりがある。この時季だから、どこも腰高障子を閉めている。

伝次郎の家だけ暗いままだった。

戸を開けて敷居をまたいだが、竜太郎の姿はなかった。

（なんだ、まだ帰っていなかったか）

少しがっかりして、戸口から長屋の表を見やったが、竜太郎の姿はなかった。代わりに野良猫が足許を駆け抜けていった。

伝次郎は竜太郎の帰りを待つことにした。夕餉をすませているかどうかわからないが、いっしょに食べたいと思った。今日はどうだったか、そのことも知りたい。帰ってきたら千草の店に連れて行こうとも思った。おそらく竜太郎はしばらくいるだろうから、千草には紹介しておくべきだし、何かあったときに千草は頼りになる。

煙管を吹かしながら竜太郎の帰りを待ったが、なかなか帰ってくる気配がない。隙間風が冷たくなり、長屋の路地を何か転がる音がした。

（そろそろ火鉢を出さなきゃならねえな）

もうそんな季節なのだ。

天気がよければ昼間はどうということはないが、朝晩の冷え込みは日増しに厳しくなっている。

それは、もう一服しようかと煙管をつかんだときだった。腰高障子に人のぶつかる音がして、同時に戸が開き、竜太郎が倒れ込むようにして家の中に入ってきた。

「竜太郎……」

伝次郎が驚いて腰をあげると、竜太郎は激しく肩を動かし、荒い息をしながら、水をくださいといった。

第三章　疑問

一

「それじゃ二度も思い違いをされて……」

伝次郎は竜太郎から経緯を聞いて、あきれたように首を振った。

茂平次を探すために賭場を見張っていたところ、賭場の関係者から脅しを受けて乱暴をされたが、そこであきらめてはいられないので、辛抱強く賭場に出入りする人間を見張っていると、またもや脅されて暴行されたらしい。

「それで、そこに茂平次はいたのか？」

「わたしを痛めつけたやつらはいないといいました。亀蔵という名にも心あたりはないと……」

「ま、いい。とにかく着物を脱げ。それから顔を洗ってこい」

「はい」

「夕餉はどうした？」

「まだです」

「じゃあ、飯を食いに行こう」

竜太郎が井戸端に顔を洗いに行くと、伝次郎は彼が脱いだ汚れた着物を見た。汚れてはいるが破れてはいなかった。それに汚れは、軽く水洗いをすれば落ちそうだ。

竜太郎が戻ってくると、伝次郎は自分の着物を貸してやった。少し丈が長いが、たくし込めばなんとか誤魔化して着ることができた。

「まあ夜だし、誰も見るものはいないからな」

「ええ。それでどちらへ行くのです？」

「知っている店がある。少し歩くが大したことはない」

表に出ると、肩を並べて歩いた。

提灯を持ち、足許を照らしてくれる竜太郎は、伝次郎の敵討ちの話を聞きたがった。

伝次郎はどこから話せばよいか迷ったが、やはり自分の妻子が殺されたところから、もう一度話していった。詳細は省いたが、大まかな経緯はわかったはずである。柳橋において津久間戒蔵を見事討ち果たしたところまで、竜太郎は口を挟まず黙って聞いていたが、伝次郎の話が終わるとすぐに問いかけてきた。

「伝次郎さんは何も悪くないのに、どうして同心をやめたんです。御番所のお役人のままでは自由に動けないので、敵を討つためにやめたんですか？」

「そうではない。津久間を一度追い詰めたことがあったのだが、その屋敷が幕府大目付・松浦伊勢守の屋敷だったのだ。たとえ極悪人を捕縛するためでも、武家の屋敷内で騒動を起こすのは御法度なんだ。話は後先になるが、唐津藩の勤番侍だった津久間戒蔵は、市中のほうぼうで辻斬りをし、相手から金品を奪い取っていた悪党だった。わたしの妻子を殺したのは、捕縛に向かったわたしへの逆恨みだった」

「では、御番所を去ることになったのは、大目付の屋敷で捕り物騒ぎをしたからということですか？」

竜太郎は納得いかないという顔を向けてきた。

「まさにそのとおり。おれのしくじりだった」

「それじゃ他にも責任を取ってやめた方も……」

それはいない、と伝次郎は首を振った。

「すると、大目付の屋敷に押し入ったのは、伝次郎さんだけだったのですか？」

「そうではないが、まあおれが追っていた罪人だったので、しくじりはおれの責任だったのだ。だが、もう昔のことだ」

竜太郎は少し考え込んで歩いた。

伝次郎は遠くに視線を投げた。猿子橋をわたる黒い影があり、橋際にある火の見櫓が月あかりを受けていた。

「その津久間という男を、どうやって探されたのです？」

「いいことを聞く。あれは唐津藩の男だった。国許に逃げるのが自然の成り行きだろうが、あやつはすでに藩から見放されていたし、藩目付も捕縛に動いていた。気を緩めて国に帰れば、そこでお縄だ。そのことはやつもわかっていた。だから、しばらくは行方がまったくつかめなかった」

「でも、見つけたのですね」

「大分たってからな。その前に、津久間に似た男を見かけたという話が何度かあった。いずれも江戸の近くか品川あたりだった。それで、津久間は江戸にいるとにらんだ。そして、おれを狙っているのではないか、という不確かな予感もあった。それから数少ない種（情報）を頼りに、津久間の潜伏先を徐々に絞り込んでいった。あるとき、やつはおれが追っていることに気づいたはずだ。だから、おれの前にあらわれた」

「向こうからやって来たんですか……」

竜太郎は驚きに目をまるくした。

「そう。向こうからやって来た。辛抱強く待った甲斐があったと思った」

伝次郎はそのときのことを、まざまざと脳裏に浮かべることができた。

「そして、見事討ち果たしたのですね」

「だから、こうして生きておるんだ」

伝次郎は短く笑って、竜太郎を眺めた。

「竜太郎」

「はい」

「親の敵を討ちたいというおまえの気持ちは痛いほどわかる。だが、命を落としてはならぬ。何がなんでも生きのびるのだ。おまえが死んでは元も子もない。父上と旅の途上で果てられた母上のためにも、死んではならぬ。ご両親も、そんなことは望んでおられないはずだ」

なぜか自然に武士言葉になってしまった。

だが、竜太郎の敵討ちの助をしようと思ったのは、まさにそのときだった。もちろん、その気持ちの裏には、竜太郎の敵討ちの邪魔をしたという負い目があるからだった。

神妙な顔でうなずく竜太郎を見た伝次郎は、言葉をついだ。

「それで今日のことだが、その賭場にもう一度行くつもりか？」

「もちろんです」

おそらく竜太郎は、乱暴者に仕返しを考えているのだろう。もしくは何らかの形で一矢を報いたいはずだ。

「それは少し待て。その賭場には茂平次という敵はいなかった。賭場の連中がそういったのなら、当面その言葉を信じて他をあたるのだ」

「しかし、相手は隠しているかもしれません」

伝次郎は少し考えてから、

「では、行くときはおれも付き合う。ひとりで行ってはならぬ。いいな」

といった。

竜太郎は少し間を置いて、わかりましたと殊勝な返事をした。

もう千草の店の近くまで来ていた。

話をしながらだと、あっという間の距離である。

「その先に軒行灯をつけた小さな店があるだろう。そこがこれから行く店だ」

伝次郎がそういったとき、店の戸ががらりと開き、ひとりの男が逃げるように飛びだしてきた。それから腕まくりした千草があらわれ、

「勘定なんかいらないからとっとと帰りな。ほら、忘れもんだよ」

と、巾着をぽいっと男のそばに放った。

「おー怖ッ、くわばらくわばら……」

男は巾着を慌てて拾うと、そんなことをいってせこせこした足取りで逃げるように去っていった。千草は両手を腰にあててその男を見送っていたが、ふいに伝次郎

たちの気配を察したらしく、振り返った。

「ま……」

小さく声を漏らした千草の顔にあった怒気が、またたく間に消え去り、気恥ずかしさと嬉しさの混ざり合った表情になった。

二

「いったいどうしたのだ？」

伝次郎は逃げていく男の後ろ姿を見て、千草に顔を戻した。

「他に客がいないのをいいことに、分別をわきまえないから頭に来たんです」

「お幸はどうしたのだ？」

「今日は暇だから、さっき帰したんです。するとさっきの客……もう腹が立つわ」

追い出された客は、千草にちょっかいでも出したのだろう。お幸というのは、ときどき店の手伝いをしにくる若い女だ。

千草が暇だというように、店には客がいなかった。

「こっちはおれの知りあいで、山本竜太郎さんといって、わけありの旅をしている人だ。竜太郎、この店の女将だ」

「わけありとおっしゃるのは……？」

千草は小首をかしげて竜太郎を眺め、

「表では気づきませんでしたけど、ずいぶんお若い方だったのですね」

と、親しみのある笑みを向けた。

「十五です。伝次郎さんにはいろいろとお世話になっています」

「ま、とにかく落ち着こう」

伝次郎は自分がいつも座る小上がりの隅で、竜太郎と向かいあった。

「おれは酒をつけてもらおうか。竜太郎には飯の用意をしてくれないか」

「はい、いますぐに」と千草は気さくな声を返して、板場に下がった。

竜太郎は店の中を眺めて、居心地のよい店ですねという。

「だからおれも気に入っているんだ」

そんなことを話していると、酒が届けられた。貝の佃煮（つくだに）をのせた小皿もいっしょだ。

千草が酌をしてくれる。

「わけありの旅とおっしゃったけど、山本さんは江戸の人じゃないの？」

「丹後の宮津藩です。殿様は老中の松平伯耆守様です」

「立派なご家中の方なのですね」

「わたしはまだ仕官しておりませんが、父上はそうでした」

「と、おっしゃると……」

千草はまばたきをして竜太郎を見る。

「江戸勤番中に殺されたのです。ですから、わたしは敵討ちの旅をしているのです」

「ま」

千草は驚いて伝次郎と竜太郎を交互に見た。

「伝次郎さんにはいろいろお世話になっています」

竜太郎がそういうので、伝次郎は、

「じつはおれがしくじりをしたのだ。そうとは知らずに、竜太郎の敵討ちの邪魔をしてしまってな。竜太郎、この人は信用できるから話してもかまわぬだろう」

そう断りを入れてから、竜太郎と出会った経緯をかいつまんで話した。

「でも、伝次郎さんが思い違いをされたのは無理もないわ。誰でもきっと同じだと思いますもの。でも山本さん、伝次郎さんは頼りになる人よ。うんと甘えるといいわ」

「はい、なぜ伝次郎さんが船頭になられたか、そのことを知り、わたしも頼もしく思っています」

「千草、話もいいが、何か食い物をくれないか。竜太郎は腹を空かしているんだ」

「そうでしたわね。ゆっくりしていってください。すぐに作りますから」

千草が板場に下がると、

「この店は居心地がいいですけど、女将さんも気持ちのいい人ですね」

と、竜太郎は気に入った様子だ。

「女手ひとつでよく頑張っている。それより竜太郎、茂平次を探す手掛かりがいくつかあるようなことをいっていたが、それはなんだ？」

「やつが江戸に戻って来たのはわかっていますし、現にわたしはやつを見つけました」

「そうだったな。だが、どこに住んでいるか、隠れているかはわかっていない」

「そうですけど、やつはまともな仕事はしていないはずです。はたらいているとしても、日傭取りの人足仕事ぐらいでしょう。それになにより、やつは博打に狂っています。わたしの父もその遊び金ほしさに殺されたのですからたまりませんが、やつが賭場通いしているのは間違いないはずです」

「この前もそうだったのだな」

伝次郎は先日のことを思いだしていった。

「はい、見張っていたところにやつがやって来たので、それって目の前に飛びだして追いかけたんです」

「だが、おれが邪魔をしてしまった」

「伝次郎さん、もうそのことはいいっこなしにしましょう。世話をしていただき、ご迷惑をかけているんですから……」

伝次郎は独酌をして酒を飲む。

「すると、虱つぶしに賭場をあたっているということだろうか」

「そうするしかありません。それに人相書があります」

竜太郎は、これですといって、くしゃくしゃになっている人相書を懐からだした。

伝次郎はその人相書を受け取って、じっと眺めた。

茂平次の特徴といっしょに、似面絵が描いてあった。浅黒い顔にぎょろつく大きな目。小太り。年は三十八歳。

「顎の左に指の爪ぐらいの黒い痣……」

それが最大の特徴だと、伝次郎は思った。

「竜太郎、この人相書は他にもあるのか？」

「もうそれだけです」

「では預からせてくれ。明日、これを作り直して、二、三十枚刷ろう」

「できますか？」

「おれが昔、どんな男だったかはわかっているはずだ。まかせろ」

伝次郎がそういって、くいっと酒をあおったとき、千草が新しい肴を運んできた。

「はい、お待たせ。これとは別に、魚も焼いてますからね」

伝次郎と竜太郎の前に刺身が置かれた。鯛と蛸と海老。

「うわーご馳走だ」

竜太郎が目を輝かせ、感激の声をあげた。

「すぐにご飯持ってきますから、たくさん食べてください」

三

「竜太郎、おれは先に出かけるが、昨日の賭場には行ってはならぬ。わかったな」

着替えをすませた伝次郎は、朝餉の膳部についている竜太郎に注意を与えた。

「わかっています」

「それから茂平次を見つけても、無闇に手を出すな。尾けてどこにいるのかそれを調べるんだ」

竜太郎は箸を止めて、それはできないと伝次郎にまっすぐな視線を向けた。

「できなくはない。茂平次に気づかれないように尾けてどこにいるか、それを調べろ。市中で刃傷に及べば、あとあと面倒だ。藩の許しを得ていても、町方が動くことになる。それに相手がひとりでいるとはかぎらぬだろう」

「ひとりで隙だらけだったら……」

「ならん。おれが後見をするのだ」

伝次郎は遮って、竜太郎の前に座った。

障子越しの朝の光が、部屋の中に満ちていた。そのあわい光が、若い竜太郎の澄んだ瞳を輝かせている。

「後見……」

「そうだ。おれが後見人になる。そうすれば、あとあとの面倒は省ける」

竜太郎は伝次郎を見つめた。表で目白がさえずっている。

「ほんとに伝次郎さんが、後見をやってくださるんですね」

伝次郎は「うむ」と、強くうなずいた。竜太郎の顔に笑みが浮かんだ。

「では、よろしくお願いします。助かります」

「今日は早く帰ってくるつもりだ。またいっしょに飯を食おう」

「はい」

竜太郎は白い歯を見せて笑った。

「では行ってくる」

伝次郎が戸口に向かうと、すぐに竜太郎が声をかけてきた。何だといって振り返ると、竜太郎は箸でつまんだ玉子焼きを掲げていた。

昨夜、千草が朝食にと持たせてくれた玉子焼きだった。

「とてつもなくおいしゅうございます」

「千草の玉子焼きは格別だからな」

伝次郎は微笑みを返して、長屋を出た。

すがすがしい朝だが、風が冷たかった。

冬の訪れはもう目と鼻の先にあるとわかる。

歩きながら、竜太郎のまだ幼い笑顔が瞼の裏に浮かぶ。それに竜太郎と話すときは、なぜか武士言葉に戻ってしまうと、はたと気づいた。

（まあ、それもよいだろう）

山城橋から舟を出すと、そのまま六間堀を下り、小名木川を経て、満々と水を湛えた大川に出た。ゆっくりうねる川面が、昇りつづける日の光にきらめいている。

伝次郎は深川佐賀町、中之橋のそばに舟をつけて河岸道にあがった。

すぐそばに「音松」という油屋がある。主に髪油を扱っている小さな店だ。看板は出ているが、暖簾はまだ掛かっていなかった。

「ごめんよ」

声をかけて、がらりと腰高障子を開けると、帳場に座っていた音松が、

「これは、旦那」

と、嬉しそうに声を返して、お早いですねといった。

「悪いな、朝早くに。ちょいと頼まれてもらいたいことがあるんだ」

「何でしょう？　さ、おかけになって」

伝次郎が上がり口に腰をおろすと、音松が茶を淹れてくれた。丸火鉢にかけてある鉄瓶から湯気が立ち昇っていた。

「じつはこれを作って、二、三十枚刷ってもらいたいんだ」

伝次郎は竜太郎から預かっている人相書をわたした。

「人相書じゃございませんか……いったいどうしたんで……」

もっともな疑問だった。伝次郎は竜太郎と出会ってからのことを、かいつまんで話してやった。

音松はいまでこそ堅気の商売をやっているが、昔は掏摸で、伝次郎が目こぼしを

して更生させたのだった。しばらくは小者として手先仕事もやっていた経験がある。

「それじゃ、その山本竜太郎さんの敵討ちの助を……」

「やむを得んだろう。そうとは知らずに、おれは邪魔をしたという手前もある」

「わかりました。それじゃ今日のうちに作っておきましょう」

「それともうひとつ……」

伝次郎は店の奥を気にするように見た。それと気づいた音松が、丸味のある顔に笑みを浮かべて、ご安心をといった。

「女房は出かけています。小半刻は戻ってこないでしょうから遠慮はいりませんよ」

音松の女房・お万はものわかりのいい女だが、音松に気安く頼み事をする伝次郎に、ときどきいやな顔をする。

——この人は店にいても何の役にも立たないから、どんどんこき使ってくださいな。

そんなことをいいもするのだが、やはり伝次郎は昔とは違い船頭である。便利に使うことに気後れを感じる。

「茂平次は賭場に出入りしているらしい。おまえの知っている賭場をあたってもらえると助かる」

「わかりました。で、この野郎の出自はどうなんです？　渡り中間だったのなら、大方人宿の世話になっているはずです」

「そうか、それはうっかりだった。さすが音松だ」

「その竜太郎さんは宮津藩の出でしたね。だったら、江戸屋敷に近い人宿の紹介だったかもしれません」

「上屋敷は虎御門内にあったはずだ。すると、京橋から芝口橋にかけての町屋にある人宿かもしれねえな」

「旦那、人相書を作るついでにそっちもあたっておきやしょう」

「助かる」

「なに、このところ暇こいて退屈してたんです」

音松は嬉しそうに笑った。

四

そこは豊島町三丁目のごみごみと建て込んだ町の中にある、うら寂れた一膳飯屋だった。戸障子は破れていて、そのまま放ってある。そこから隙間風が入ってくるし、板壁の隙間からも風は客席となっている土間に侵入していた。店のすぐ先は柳原通りで、神田川に架かる新シ橋をわたる人の姿が、戸障子の破れ目から見えた。

店の中はうす暗く、日あたりが悪いので、表より寒いぐらいだった。

茂平次は腰かけに座って、飯台に肘をついていた。

「そりゃあ面倒じゃねえか」

仙蔵が濁った目で茂平次を見る。

二人はさっきから店の隅で、声をひそめて話しあっていた。

「面倒さ。だけど、やっとわかったんだ。やつがひとりだってことが……」

「まだ十四、五のガキなんだろう」

「体はでけえほうだが、たしか十五のはずだ」

「ふん、それでどうしたいってんだ」

仙蔵は蔑(さげす)んだ目を向けてくる。茂平次は内心で警戒しながらも、この男に頼むしかないと思っていた。

「やってもらいたいんだ」

「いくら出す？」

仙蔵は据わった目で茂平次を見る。

　茂平次も仙蔵を見返す。仙蔵の目は濁っているが、不気味な色に光る。人を何人も殺しているというが、ほんとうのところはわからない。それでも不気味な男だった。

鑿(のみ)で粗く削ったような黒い顔をしている。

「いくらならやってくれる？」

茂平次は問い返した。仙蔵は、とたんに値踏みするような目つきになった。

「おまえさんの懐は寒そうだが、二十両都合しな。そしたらやってやる」

「二十両……」

茂平次は、息を呑んだ。そんな金はよほどでないと稼げない。盆茣蓙の前で、こっちにツキがまわってくればいいが、そんなことはめったにあることではない。

「どうした？　出せねえなら、この話は聞かなかったことにする。だが、おめえはそれで気が楽になって、もう逃げまわる必要もなくなるんだ。これから先は気楽に生きていけるようになるんじゃねえか。それを考えりゃ、二十両なんて安いもんじゃねえか」

仙蔵はくわえていた爪楊枝を、ぷっと吹いた。

爪楊枝は暗い土間に音も立てずに落ちた。

「もう少しまからねえか……。前金で五両わたしておくから……」

仙蔵は黙り込んだ。

茂平次と仙蔵は、同じ郷士の倅同士だった。それに同じ下総印旛沼の出だった。

茂平次には剣術の心得はないが、仙蔵はそこそこの腕があり、賭場の用心棒などをしてケチな稼ぎをしながら食いつないでいた。

「相手は十五だったたな。おれとおめえの付き合いだ。じゃあ、十五両で手を打ってやる。だが、それ以上はまからねえぜ。それじゃ前金を出せ」

茂平次は懐をまさぐり、指先で五両をつかみ、そのまま掌に包んで、飯台の下で手わたした。仙蔵のこけた頬に、にやりとした笑みが浮かんだ。

「それで、どこに行きゃそのガキに会えるんだ？」

「それがちっと厄介なんだ。おれを探してるのはわかってんだが、どこにいるかがわからねえ」

「なんだと。それじゃ……」

「まあ慌てるな」

茂平次は遮るように片手をあげてつづけた。

「どこにいるかわからねえが、やつがどうやっておれを探しているかわかったんだ。おれはこの前、浜町の賭場に行ったとき、やつに見つかって追われたが運よく逃げることができた。ところが、翌る日におれが行こうとしていた賭場を、あのガキが訪ねたことがわかったんだ。要するに、あのガキはおれが賭場に出入りすることを知ってるってことだ。そしておれを見つけるために、賭場を見張ってるはずだ」

「どこの賭場だ？」

「そりゃあわからねえ。だが、そのうち向こうから出てくるはずだ」

「おめえが賭場通いをしてりゃ、出てくるってことか」

「そのはずだ。そこでおめえがばっさりやってくれりゃ、それで終わりだ」

「残り金はちゃんと揃えられるんだろうな。やり損でお縄になるなんて真っ平ごめんだからな」

「金は作る。あと十両ぐらいわけねえさ」

茂平次は口の端に余裕の笑みを浮かべた。

十両の稼ぎはツキさえまわってくれば、難なく稼げるはずだ。それに、茂平次にはその自信があった。

「それでいつからはじめる？」

「早速今夜からだ」

「わかった。それじゃおれは帰って昼寝でもしてよう。あとで迎えに来てくれ」

仙蔵はそういうと、のそりと立ちあがって店を出ていった。住んでいる長屋はその店からすぐのところにあった。

ひとりになった茂平次は、暇そうに煙管を吹かしている店の女房を呼んだ。

「酒を一本つけてくれ。それからちょいと肴を頼む」

「肴は何がいいね？」

「何でもいい。適当に見繕ってくれ」

店の女房はそのまま板場に消えていった。

茂平次は足を貧乏揺すりさせて、今夜はどこの賭場に行こうかと考えた。それから運よく仙蔵に会えたのは、自分にツキがあるからだと思い直した。

（今夜は稼げそうな気がする）

そんな気持ちになっていた。それに、仙蔵に竜太郎殺しを頼んだことで、心なし気が楽になっていた。

これまでは竜太郎の親を殺したという負い目があって、神経質なほど小心になって逃げまわっていたが、やっと自分を取り戻せたと実感していた。

（こんなことなら早く江戸に戻ってくりゃよかったんだ）

と、思いもする。

五

「それはほんとうか？」

伝次郎は藤吉を見た。

「なんでェ、おれのいうことを疑ってるのか」

「いや、そういうわけじゃない。そうなると、おたつは少なくとも夜九つ（午前零時）前には小宮山家にいたと考えていいだろう」

藤吉は軽子坂に近い、牛込揚場町に住まう木戸番がおたつの姿を見ているという証言を得ていた。それだけでなく、市兵衛河岸でも声をかけられていた。


に声をかけたのは、小石川御門の番士だった。夜中に女のひとり歩きなので、不審に思って声をかけたということだった。

「その番士がおたつ「その番士がおたつに声をかけたのは、九つを少し過ぎていたんだな」

「おれはそう聞いた。提灯をかざしてよく見ると、年増だが鼻筋の通った女だったといったよ」

「そのときおたつが返り血を浴びていたというのはどうだ？」

「その様子はなかったといったよ。よく思いだしてくれと頼んで聞いたから、間違いはねえはずだ」

「すると、おたつはどこで返り血を浴びたんだ？」

「そのときは何もしていなかったんじゃないか。家に帰る途中で気が変わり、それで小宮山家に引き返して、お松という奥さんと鉄之輔という孫を殺したんじゃ……」

伝次郎は茶を飲んで、空に浮かぶうろこ雲を眺めた。

御茶ノ水河岸にある水茶屋だった。河岸地につけられた舟からあげられた俵物(たわらもの)が、大八車に積み込まれていた。力仕事をする人足たちは、諸肌(もろはだ)を脱いでいる。

「なぜ、おたつは奥様と孫の鉄之輔を殺さなければならなかったんだ。おれは最初からそれが不思議でならない」

「おたつが奥さんのお松を殺したのを、孫が見てしまったんじゃ……。それでやむなく」

「それが九つ前だったら、おたつは返り血を浴びているはずだ。だが、番士は九つ過ぎにその返り血を見ていない。そして、おたつは番士に声をかけられたあとで、返り血を浴びるようなことが起き、身投げをしたと考えるほうが道理に合うんだが……」

伝次郎がそういって腕を組むと、藤吉が大きな目で凝視してくる。

「たしかに、そういわれりゃおかしいな」

藤吉も腕を組んで考え込んだ。

「ひょっとすると、おたつは何もしていなかったのでは……」

伝次郎のつぶやきに、藤吉がギョッとしたように顔を振り向けた。

「それじゃ、お松と鉄之輔を殺したのは誰だってんだ」

藤吉は二人を呼び捨てにして、言葉をついだ。

「小宮山の殿様は、おたつに縛られて猿ぐつわを噛まされたといってんだ」

たしかにそうであった。

だが、伝次郎はどこかに齟齬（そご）があるような気がしてならない。

「一度番屋に戻ろう。他にわかったことがあるかもしれねえ」

伝次郎は湯呑みを置いて、床几から立ちあがった。

中村直吉郎が小難しい顔で、自身番に戻って来たのは、伝次郎と藤吉が茶を飲んで一服つけたときだった。

「小宮山の殿様はひょっとすると、脅されていたかもしれねえ」

直吉郎は伝次郎の顔を見るなりそういって、上がり口に腰をおろした。

「どういうことです？」

「殿様が米相場で大損をして、借金をしていたのはすでに聞いていたが、殿様はしつこい取り立てに窮(きゅう)していた」

「金を返していないってことですか？」

「返済は滞っている。その額が聞いてあきれる。二百五十両だ。金貸しが必死に返済を迫るのは無理もない」

「金を貸してるのは誰です？」

「御蔵前(おくらまえ)の甲州(こうしゅう)屋という札差(ふださし)だ。十両二十両の焦げつきなら、相手が旗本だから札差も泣き寝入りってこともあるだろうが、二百五十両は大金だ。甲州屋はしゃかりきになっていたらしい」

「まさか、甲州屋が今度の件に……」

「そりゃあわからねえ。だが、おれたちの調べがやりやすくなった」

「どういうことです？」

聞いたのは藤吉だった。直吉郎は藤吉を見てつづけた。

「小宮山家で起きた殺しの一件を調べた公儀目付は、おれが御番所に出した口書をもとに、一件落着させた」

「すると、おたつの仕業で終わらせたと……」

伝次郎だった。

「そういうこった」

伝次郎はあきれたという顔で藤吉を見て、また直吉郎に顔を戻した。

「おれは甲州屋に探りを入れるが、何かわかったことでもあるか？」

直吉郎は茶に口をつけてから、伝次郎と藤吉を見た。

「あります。件の夜におたつを見た人間がいたんです」

そう応じた藤吉が、すでに伝次郎が聞いたことを話した。

「そりゃまた妙なことだな」

すべてを聞いた直吉郎は、そういって言葉を足した。

「おたつはその刻限に、返り血を浴びていなかっただと……」

「たしか殿様は宵五つ（午後八時）頃におたつに縛られたのでしたね」

伝次郎は直吉郎をまっすぐ見て、念を押すようにいう。

「そうだ」

「それから半刻ばかりたったとき、悲鳴らしき声を聞いたと、そうおっしゃったんでしたね」

「殿様はそういわれた」

「すると、五つから五つ半（午後九時）、もう少し余裕を見て四つ（午後十時）の間に、奥方のお松様と、孫の鉄之輔様が殺されたことになります。そして、その二人を殺めたのがおたつなら、当然九つには返り血を浴びていなければなりません。ところが、小石川御門の番士は、きれいな顔をしたおたつを見ている。ということは、二人を殺したのはおたつではなくて、他の人間だったということになります」

「そういうことになる。そして、おたつは小宮山万次郎様を縛りつけてから、九つまでどこにいたか、という疑問も残るし、おたつの浴びた返り血は誰のものだったかもわからねえってことだ」

「へえ、なるほど」

感心したように首を振って腕を組んだのは藤吉だった。

「何がなるほどだ？」

直吉郎が鋭い目で藤吉を見た。

「いえ、あっしはそこまで考えがまわらなかったんで、感心しただけです」

藤吉は直吉郎にそう答えてから、伝次郎の脇腹を肘でつつき、

「おめえもなかなかいい勘をしてるな」

と、感心顔で耳打ちするようにいった。

「伝次郎、藤吉といっしょに、小宮山万次郎様からもう一度話を聞いてきてくれ。もう葬儀一切は終わって、片がついてるから遠慮はいらねえ。身投げしたおたつについて、わからねえことがあるからとか何とかって、適当な口実をつけてくれ。その辺はおまえにまかせる」

「わかりました。それで、もう一度ここに戻って来ますか？」

「今日はもう遅い。それにおれのほうも、どういう調べになるかわからねえ。急ぎ

の用があるようだったら、おれの屋敷に使いを走らせてくれ。何もなきゃ明日でいいだろう」

直吉郎はそう指図すると、小者の平次と三造に顎をしゃくって、自身番を出ていった。

「おれたちも行くか」

伝次郎も藤吉を促して表に出た。

六

「なんだか行ったり来たりでくたびれちまうな」

昌平坂を上りながら藤吉がぼやく。

坂の上に浮かんでいる雲が、緋（ひ）色に染まりはじめていた。日は大きく西にまわり込んでいる。

「伝次郎、ひとつ聞いていいか？」

「なんだ？」

「おめえのことを旦那はずいぶん買ってるようだが、何か手柄でも立ててるのか」

「そんなことはないさ」

「おめえは旦那といわねえで、中村さんというしよ。古い付き合いだったんだ」

「もう長い付き合いだ」

それはほんとうのことだ。

「どうりでおかしいと思ってたんだ。どうせなら十手を預かっちまえばいいだろう」

「それはおれの性に合わない。それに、おれは船頭仕事を気に入ってる」

それもほんとうのことだった。

「おめえさんは、変わりもんだな」

「よくいわれる」

伝次郎は笑って応じた。

水道橋を左手に見て、御茶ノ水河岸を過ぎると、市兵衛河岸のある火除明地（ひよけあきち）になる。北は広大な水戸家の屋敷だ。

火除明地はちょっとした広場なので、市（いち）が立ったりする。日暮れ前の広場には、人の数が多かった。早仕舞いをしたらしい職人が家路を急いでいたり、使いの途中らしい若い娘がいたり、小石川御門から出てくる大名家の勤番侍の姿もあった。

足を急がせる伝次郎だが、ふとある男に目が留まった。頭をやや下げ、上目遣いに歩いている遊び人ふうの男がいるのだ。棒縞(ぼうじま)の着流し姿だった。

その男は前を歩く女と、つかず離れずの距離を保っていた。

(やるな……)

伝次郎が内心でつぶやいたとき、男が急に足を早めて女にぶつかった。女は小さな悲鳴を漏らしながらよろけて、両手を地面についてしまった。

「ごめんよ」

女に謝った男は、そのまま急ぎ足で伝次郎のほうにやってくる。その距離が二間(けん)(約三・六メートル)になったとき、伝次郎は男の行く手に立ちはだかって、素早く片腕をつかんだ。

ところが男は敏捷(びんしょう)だった。

「何しやがんだ!」

さっと伝次郎の腕を払ったのだ。

「懐中のものを返してもらおうか。おれの目は誤魔化せねえぜ」

伝次郎はそういって、悠然と男との間合いを詰めた。とたん、男は懐から匕首を抜いて、斬りかかってきた。

質の悪い荒っぽい掏摸だった。伝次郎は軽く半身をひねってかわすと、素早く男の背後にまわり、後ろ襟をつかむなり、腰にのせて地面に叩きつけた。

さらに片腕をつかみ取り、ひねりあげた。その手から残照を撥ね返す匕首が落ち、男は痛みに顔をゆがませて「放せ」といった。

「放せじゃねえ。掏った財布を返すんだ」

「そんなことやってねえよ」

「そうかい」

伝次郎は掏摸の片手をひねりあげたまま、懐に手を入れて掏ったばかりの財布を取り返した。それから掏摸の尻を思いきり蹴飛ばして、棒立ちになっていた女のそばに行き、

「気づかなかったみたいだが、気をつけることだ。さ、あんたのだ」

と、奪い返した財布をわたした。

「ま、なんということ」

女は目をまるくして驚き、それから慌てたように礼をいって頭を下げた。

伝次郎はそれにはかまわず、藤吉を振り返った。こっちも女と同じように驚いた顔をしていた。

「なんだ、掏摸は逃げちまったじゃねえか」

そういわれた藤吉は、はっとなって後ろを振り返ったが、最前の掏摸の姿はどこにもなかった。

「しまった……」

藤吉は悔しがったが、どうしてさっきの男が掏摸だとわかったんだ、と伝次郎に顔を向けた。

「何となく胡散臭いと思って見ていたら、見事に掏りやがったのさ。ま、たまたま気づいただけだ。さ、行こう」

伝次郎は何事もなかったように歩きだした。藤吉が追いかけてくる。

「おめえさん、ちょいとすげえな。あの野郎、匕首を振りまわしたってえのに、おめえさんちっとも怯まなかったじゃねえか」

「おれも必死だったんだ」

「いや、おめえの立ち回りは見事だったぜ、どうやってあの野郎を投げつけたのか、おれにはわからなかったんだ。おめえ、剣術の心得があるんじゃねえか」

「習ったことはあるが、大したことはない。それより、暗くならないうちに殿様に会おうじゃねえか。いまは、そっちのほうが大事だ」

「まあ、そうだけどよ。なんだかおめえを見直しちまったぜ」

日が急に翳りはじめたのは、軽子坂に差しかかったときだった。

小宮山万次郎の屋敷は、その坂の途中を右に行ったすぐのところにあった。黒板塀をめぐらした立派な屋敷である。

ところが忙しそうに門を出入りする人の姿がある。駆け込んでいくものがいれば、駆けだしていくものもいた。

「なんだろう」

藤吉が立ち止まって、伝次郎を見た。

「とにかく行ってみよう」

伝次郎は足を進めて門前に行ったが、門内にいた侍が、厳しい顔を向けてきた。

小宮山万次郎の次男・倉内芳次郎だった。

「なんだ、おぬしらは？」

芳次郎だけでなく、屋敷内に緊迫した空気が感じられた。

「つかぬことを訊ねたく殿様に会いにまいったのですが……」

「なんだと、そんなことには取り合わぬ。用があるなら出直せ。おい、門を閉めろ」

芳次郎は使用人らしき中間に命令した。

すぐに伝次郎たちの訪問を拒むように門が閉じられた。

だが、門越しに声が聞こえてきた。

「医者はすぐ来るのだな」

「いま呼びに行っていますからお待ちください。血は止まっていますので、大事には至らないはずです」

「それにしても腹を切るとは……父上も……」

その声を聞いた伝次郎と藤吉は、顔を見合わせた。

「殿様が腹を切られたようだ」

藤吉が低声でいった。

「……のようだな」

伝次郎が応じたとき、坂の上から駕籠といっしょに駆けてくる中間がいた。どうやら医者を乗せた駕籠のようだった。

案の定、門前で駕籠が止まると、慈姑頭に薬箱を提げた医者が降りた。

「佑安先生のご到着です。門を開けてください」

中間が門内に声をかけると、脇の潜り戸が開けられた。

七

「あのガキはおれの博打好きを知ってるから、賭場にあたりをつけてやがんだ」

ちくしょう、と茂平次は吐き捨てた。

下谷練塀小路にある旗本屋敷の離れだった。昔から賭場を斡旋する京次という雇われ中間がその屋敷にいて、客の応対をしていた。

茂平次はその京次から話を聞いたところだった。

「ひょっとすると、あの若い侍に追われてるのか？」

京次は興味津々の顔を向けてくる。

「いろいろあってな。それで、来たのはいつだ？」

「もう十日ばかり前だったよ。おまえさんのことを聞いてぴんと来たんだが、もう半年いや一年以上顔を見ていないといったら、そのまま帰っちまったよ」

「他に話はしなかったのか？」

茂平次は、できれば竜太郎の逗留先を知りたいと思った。

「他にはしなかったよ。そもそも若い侍が、こんなとこに来るのがおかしい。下手なことはいえねえだろう」

博打は御法度なので、賭場を訪ねる少年をあやしむのは当然だろう。

「茂平次、ここはいいだろう。他をまわろうじゃねえか」

そばで二人のやり取りを聞いていた仙蔵が、痺れを切らしたように口を挟んできた。

茂平次は京次にまた遊びに来るといって、つぎの賭場に向かった。

「こんなことをしていて、そのガキを見つけられるのかい」

仙蔵は賭場を歩きまわるのに飽きた顔をしている。

昼過ぎから、四ヵ所の賭場を訪ねている。賭場を仕切るのは大方博徒なので、その縄張りがあるから、賭場と賭場は離れている。

「いまもわかっただろう。あのガキは賭場を訪ねまわってんだ。そのうち尻尾を摑まえられるさ」

茂平次は竜太郎が自分を探すために、賭場を訪ね歩いていることに確信を持った。

だが、相手は子供とはいえ、二本差しの侍である。油断をすれば、先日のような危ない目にあう。もっともいまは仙蔵がいるので、早く始末をつけたかった。

こそこそ隠れるようにして生きることに疲れているし、逃亡生活はうんざりだった。いまや茂平次にとって、竜太郎は疫病神以外の何ものでもない。

「今度はどこへ行くんだ？」

神田相生町に入ったところで、仙蔵が聞いた。

「いま考えてる」

「それにしてもよく知ってやがる。あきれるぜ」

茂平次は右に行こうか左に行こうか迷った。

右なら本郷だ。左なら本所である。

日は没しようとしている。すでに町屋には夕靄が漂い、長屋の路地から炊煙がたなびいている。通りを行き交う人々は、家路を急いでいるのか何となく慌ただしい。

「本所をまわって、今日は終わりにしよう」

茂平次はそう決めた。

「遠いのか？」

「大橋をわたってすぐだ。東広小路のちょい先だ」

茂平次はそういったが、今夜賭場が開かれているかどうかの確信はなかった。賭場は毎日開かれるわけではない。大まかに開帳日が決まっているだけだ。

だが、貸元の都合で取りやめになったり、町奉行所の手入れがあるという情報が入れば、そのときも中止である。

大橋をわたり、両国東広小路に入った頃にはすっかり暗くなっていた。提灯を持って通りを歩く人の姿が増えていれば、夜商いの店の軒行灯や看板行灯が、暗くなった道にあわい光を投げていた。

広小路を離れると、急に暗い道になる。茂平次は折りたためるぶら提灯に火を入れて、仙蔵の足許を照らしながら歩いた。

「腹が減ったな」

仙蔵がぼやく。

「この先の賭場に行ったあとで飯を食おう」

「酒もつけてくれ」

「わかったよ」

茂平次は回向院北側の武家地に足を進めた。そこにとある旗本の屋敷があり、昔から賭場に使われる離れがあった。

だが、そこに出入りできる裏の戸は、しっかり閉められたままだった。茂平次は小さく舌打ちして、今日は開帳日じゃないんだとぼやいた。

「なんだ、当て外れか。だったら飯でも食って帰ろうじゃねえか」

仙蔵は疲れているのかやる気がない。

「ちょっと待ってくれ。知っている野郎がいるから、そいつに会ってから飯だ」

「近くなんだろうな」

「すぐそばだよ」

茂平次は来た道を引き返すと、南本所元町に住む利助という釣り道具師の家を訪ねた。さっきの賭場が開かれると、茶汲みをやったり、客の案内をやったりなどと三下仕事をして小遣い稼ぎをしている男だった。

「なんだ、やっぱりおめえさんのことだったか……」

茂平次が訪ねてきたわけを話すと、利助はそんなことをいった。

「するってえと、若い侍がおれを探しに来たんだな」

「昨夜のことだよ。なんだか目障りだし、妙に引っかかるガキだからって、朝吉さんらが追っ払ったらしいが、貸元が気色わりいといって昨夜は急に博打取りやめさ。今夜も様子見で休みだ」

「そいつの居所はわからねえかい?」

茂平次は目を光らせて聞いたが、利助はわからないと首を振った。

だが、茂平次は竜太郎がこの近くにいるような気がした。

それは逃亡生活で培った勘だった。そして、何度かその勘があたっている。

(あのガキは、この近くにいるはずだ)

茂平次は目を光らせて、遠くの闇を凝視した。

第四章　謎

一

翌朝はどんよりとした曇り空が江戸の町を覆っていた。

そのせいか周囲の景色が、いつもより寒々しく感じられた。実際、気温が下がっているので、誰もが肩をすぼめて歩いていた。

「それで、これが人相書です。なにせ急なことなので、遅くなりやした」

音松は新しい人相書を伝次郎にわたした。

「急がせたのはおれだ。だが、よくできた。それにしてもあまり寝ていないんじゃないか。そんな顔をしてる」

「そんなことはありません」

音松はそういった矢先に、生欠伸をした。

伝次郎の舟を置いている山城橋そばの茶店だった。

「それでもうひとつ、茂平次のことがわかりました」

音松はそういって言葉をついだ。

「やつは長い間渡り中間をして暮らしていたようで、いつも決まった人宿を使っていやした。宮津藩上屋敷に雇われたのも、京橋にある伊勢屋という同じ人宿でした」

「うむ」

伝次郎はつぎの言葉を待つ。

「茂平次は下総印旛沼の出で、郷士の倅です。本石町四丁目に住んでましたが、一年ほど前に夜逃げするようにして行方をくらましてます」

「それは竜太郎の父・竜之介を殺したからだろう。辻褄は合う」

「今日はやつが住んでいた長屋に行って、話を聞いてみようと思います。何か出てくるかもしれませんからね」

「そうしてもらえると助かる。音松、恩に着るぜ」

「旦那、水くせえことはいいっこなしですよ」

音松は鼻の前で手を振って笑う。

「それから市中にある賭場のことを知りたい。今日は中村さんにもその相談をするつもりだが、おまえで調べられることがあれば頼みたい」

「承知しました」

「御番所にいたときはすぐに調べがついたが、いまは勝手が違うから仕方ない」

「旦那、わかってますって。それじゃ早速あたってみることにします」

伝次郎は音松と別れると、一旦自宅長屋に戻ることにした。

竜太郎が朝餉の片付けを終えて、着替えにかかっていた。

戻って来た伝次郎を見ると、

「いかがされました?」

と、怪訝そうな顔を向けてきた。

「人相書が出来た」

伝次郎は懐から作り直した人相書の束を出した。

「もう出来たんですか？　早いですね」

「昨日のうちにと思っていたが、今朝までかかったようだ。とりあえず二十枚作った。音松というおれの仲間にも何枚か預けてある。おれも七、八枚預かる」

伝次郎はそういって人相書を抜き取って、懐にしまった。

「それから茂平次が昔住んでいた家がわかった。藩の目付は当然、調べをすませているだろうが、もう一度聞き込みをかけることにした。それでなにか手掛かりがつかめれば、めっけものだ。それと、今日明日中に市中の賭場を調べあげる」

「それは助かります」

竜太郎は目を輝かせる。

「茂平次とつながっているか、何ら関わっているものがわかれば、居所を突き止められるかもしれぬ」

「そこまでしていただけるとは思っていませんでした。ありがとう存じます」

「とにかく早く見つけられればいい。おれの助仕事が片づけば、おまえといっしょに歩けるのだが、少し待ってくれ」

「はい、こればかりは焦っても仕方ありませんので……」

竜太郎は大人びたことをいって、新しく作り直した人相書に視線を落とした。

湯島一丁目の自身番には、直吉郎以下のものたちが顔を揃えていた。

「遅くなりました」

伝次郎が謝りながら土間に入ると、直吉郎が挨拶も抜きで、昨日のことは藤吉から聞いたといって言葉をついだ。

「じつはおれのほうも芳しい調べができなかった。甲州屋は小宮山万次郎様のことをよく知ってはいたが、肝心の借金に関しては、主の弥兵衛（やへえ）と番頭がいないとわからねえらしい。昨日は手代（てだい）しかいなかったんだ」

「主と番頭はどこへ？」

「札差同士の寄合（よりあい）だ。そんなとこへのこのこ顔は出せないし、いつお開きになるかわからねえという」

「じゃあ出直しですか？」

伝次郎は番太の淹れてくれた茶を受け取って、上がり框に腰をおろした。

「そういうことになるが、甲州屋はおまえと藤吉であたってくれねえか。小宮山の殿様は切腹にしくじられているようだし、おたつのことを調べるとしても、やはりおれが行かないと向こうの顔も立たねえだろう」

「それはおまかせします」

「だが、妙なことだ。昨夜、おれはちょいと此度(こたび)の一件を整理したのだが、おかしなことがある」

直吉郎はそういって、膝前に半紙を広げた。

それには時系列的に、おたつの行動が書かれていた。

●昼前
自宅長屋を出る。

(＊そのまま小宮山家に通ったと思われる)

(＊万次郎を縛るまでのことは不明)
●宵五つ頃
小宮山万次郎を縛り、猿ぐつわをかける。
●五つ半〜四つ頃

鋏を使い、鉄之輔とお松を殺害
（＊その場の状況から鉄之輔が先に殺され、お松があとと思われる）
●夜九つ
小石川御門の番士に声をかけられる。返り血は浴びていなかった。
●翌朝　明け六つ頃
おたつの水死体発見
（身投げ時刻不明＊九つ以降と推察。返り血を浴びていた）

「見てのとおり、どうも納得のいかねえことがいくつかある」

直吉郎はみんなの顔を眺めながらいう。

「こうやって書き出してみるとよくわかりやすね」

藤吉が感心顔でいう。

「まず、おたつがその日、忠七と住んでいる長屋を出てどこへ行ったかがわからねえ。まっすぐ小宮山家に行ったのかどうか、これをたしかめていないので、たしかめる。それから、殿様を縛りつけるまでのこともわからねえ」

「中村さん、そこにも引っかかりを覚えるんです」

伝次郎だった。

「おたつは女です。死体を見たかぎり、力のある女には見えません。そんな女が、どうやって殿様を縛ったかということです。何か工夫したのでしょうが、容易くできることではありません」

「うむ、たしかにそうだな。あの縛り方は並の力ではできねえことだ」

「それから、小宮山家には使用人はいなかったんですか？　女中とか飯炊き、あるいは中間や小者がいてもおかしくはないはずです。無役とはいえ旗本なのですから……」

「それは調べ済みだ。小宮山家には女中や中間はいなかった。ときどき、庭の手入れや屋敷内の掃除をするものを雇う程度だった。それだけ台所が苦しかったんだろう。二百五十両という借金もあるんだし、人など雇えなかったと考えることができる」

「すると、おたつが通いながら妾奉公をして、屋敷のことをやっていたということでしょうか……」

「どこまでおたつがやっていたか、それは詳しくは聞いていねえが、庭仕事や台所仕事はやっていたようだ。ま、それも調べ直そう。それはともかく、一等わからねえのが、おたつが鉄之輔様と奥様を殺したあとのことだ。そのまま屋敷から逃げたのなら、どこにいたかだ。そうだろう」

直吉郎は眉間を揉みながらみんなを眺める。

伝次郎も同じ疑問を抱いていたので、直吉郎の言葉を引きつぐように口を開いた。

「小石川御門前で見られるまで、おたつがどこで何をしていたか、それは大きな謎です。そして、もうひとつの謎は、おたつは小石川御門では返り血を浴びている様子はなかったのに、土左衛門で見つかったときには、返り血を浴びていた。そうですね」

伝次郎は直吉郎を見ていった。

「そうだ。たしかに返り血を浴びた形跡があった。間違いねえ。だから、その返り血が誰のものだったかということも調べなきゃならねえことだ」

「鉄之輔様や奥様を殺したときの返り血ではない、ということですか？」

「……何ともいえねえが、そうなるだろうな」

直吉郎は扇子で、自分の腕のあたりをとんとん叩きながら、思案する目を泳がせた。

「なんだか、この調べは振り出しに戻っちまったような気がしますね」

藤吉がぼやくように腕を組んでいった。

「とにかくここで顔つき合わせていても、何もわからねえ。平次、三造、おれについてこい。伝次郎と藤吉は甲州屋を頼む」

直吉郎は差料を引き寄せて腰をあげた。

二

「中村さん」

自身番を出てすぐ、伝次郎は直吉郎に声をかけて、相談があるといった。

「なんだ？」

「敵討ちをする少年と関わりになりまして、敵を探すために賭場にあたりをつけてるんですが、わたしが御番所にいた頃といまでは賭場の場所も変わっているはずです。わかってるだけでも結構ですから教えてもらえませんか」

直吉郎は短く伝次郎を見つめてから、口を開いた。

「そんなのはわけないことだ。明日の朝でも書付をわたしてやる。敵討ちの許しは受けていると思うが、おまえはどう関わってるんだ？」

「後見をします」

伝次郎は経緯を省いて、単純に答えた。直吉郎はふっと息を吐き、無理はするな、と伝次郎の肩をたたいて歩き去った。

「何を話してたんだい？」

藤吉が近寄ってきて、あやしむような目で見てくる。

「ちょっと別のことがあって、その相談だ。じゃあ行くか」

伝次郎が先に歩きだすと、すぐに藤吉が追いかけてきた。

「別のことって何だよ？　おれにはいえねえことか……」

「……賭場を知ってるか？」

伝次郎は一瞬考えてから聞いた。

「賭場、まあいくつかは知ってるが……」

「教えてくれ」

「何でそんなこと知りたがる？」

「茂平次という男を探してるんだ。そいつは渡り中間で、いっとき宮津藩上屋敷に雇われていた。ところが、遊び金ほしさに仕えていた勤番侍を殺して逃げた」

「とんでもねえ野郎だ」

「藩の目付も調べてはいるが、十五歳の長男が敵討ちの旅で江戸に来ている。その手伝いをしているんだ。中村さんに相談したのは、そんなことだ」

「おめえもいろいろ忙しい男だね。これじゃ船頭仕事ができねえじゃねえか」

「気ままなやもめ暮らしだから、何とかやっていけるんだ」

藤吉は明神下と本郷界隈にある四つの賭場を教えてくれた。おそらく明日には、それらの賭場のこともわかるはずだが、町奉行所の調べから漏れていることもある。聞いておくのは損ではなかった。

「それにしてもややこしい判じ物になっちまったな」

藤吉は肩を揺するようにして歩く。

相変わらず天気はすぐれず、肌寒い風が吹いていた。

御蔵前にある札差の甲州屋に入って、訪問の意図を番頭に話すと、

「昨日見えた御番所の旦那と同じ件ですね」

と、心得た顔をして主の弥兵衛に取り次いでくれた。

伝次郎と藤吉はすぐに、帳場横の小さな座敷に通されて、主の弥兵衛と向かいあった。

「中村様という旦那が見えたのは聞いております。何でも小宮山万次郎様のことだったとか……」

弥兵衛は穏やかな表情でいうが、目には警戒する色があった。抜け目のない商売をしている男である。初対面の人間には気を緩めないという空気をまとっていた。

「小宮山の殿様は、この店から二百五十両の大金を借りていると聞いている」

伝次郎は弥兵衛をまっすぐ見て聞く。

「たしかにお貸ししてありました。小宮山様との付き合いは古うございますから、無理な頼みでしたがお貸ししました」

「しかし、その金を取りはぐれている。しつこい取り立てをしていたと耳にしたが……」

弥兵衛はふっと小さな笑みを浮かべて、一口茶を飲んだ。顔はそうでもないが、湯呑みをつかむ手には、五十五歳という年齢にふさわしいしわとしみがあった。

「二百五十両は大金です。貸したはいいが返してもらえないでは困ります。返済が滞れば、厳しい取り立てをするのは当然のことでしょう」

「取り立ては主が……」

伝次郎は弥兵衛を見据えて聞く。

弥兵衛はその視線を撥ね返すような笑みを浮かべて答えた。

「わたしも催促をしましたが、うちの手代や番頭も返済の掛け合いに出向いています」

「取り立て屋を頼んだ覚えは？」

「あれ、そんな話が出ていますか？　それはございませんよ。さっきも申したとおり、殿様とは古い付き合いです。辛抱強く返済を迫っていただけです。でも、もうそのことは解決いたしました」

「解決した……」

伝次郎はぴくっと片眉を動かした。

「殿様は下総に領地をお持ちです。その知行地からの上がり米を手前の店が貰い受けることで、二百五十両の借金の件は落着しております。お疑いでしたら、その証文もお見せいたしましょう」

弥兵衛は前以て用意していたらしく、小宮山万次郎と取り交わした知行地についての証文を懐から出して見せた。

知行地からの上がりは、年に約三百五十石。その四割が領主の取り分になる。その中から都合七年間、甲州屋に預けて返済に充てるというものだった。それで採算が合うのかどうかは、伝次郎にはわからないが、証文はたしかなものだった。

「なんだか肩透かしを食らったみてえだな」

甲州屋をあとにしながら藤吉がぼやく。

「たしかに……」

「それでどうする？　なんだか腹も減っちまったが……」

「そこで休んで考えるか」

伝次郎は目についた茶店に行って、藤吉と並んで床几に腰かけた。

「小難しく考えることはねえと思うんだよな。何もかもおたつの仕業だったということで、きれいさっぱり一件落着ってわけにはいかねえのか」

藤吉は茶を飲んでそういう。

「おたつは死んでいるから、可哀想だがそれで片づけることもできるだろうが、殺された鉄之輔様やお松様のことがある。それに、今朝中村さんと話したように疑問がありすぎる」

「甲州屋は今度の件には関係なかった。すると、小宮山の殿様の次男・倉内芳次郎様か。だけど、親子で憎み合ってるとは思えねえが……」

伝次郎は黙り込んだまま、曇り空を舞う鳶を見て思案した。

「死んだおたつだが、あの女は殺されてもおかしくなかったんじゃないか……」

藤吉は何気なくいったのだろうが、伝次郎ははっと目をみはった。

「それじゃ、誰に殺されたと思う？」

「そりゃあ、真っ先に内縁の夫だった忠七だろう。てめえの女が、よく知らねえ殿様とくっついていいように遊ばれてんだ。おれだったら我慢ならねえ。それから殿様の奥さんだ。てめえの女房がありながら、通ってきていた女中に手をつけ、そのままてめえの女にしていたんだ。それも同じ屋根の下だろう。奥さんは我慢ならねえだろう」

「まったくそのとおりだ」

伝次郎はくっと口を結び、乾いた唇を指でなぞるように撫でた。何か見えてきたような気がする。

（何だ……）

内心で問うが、はっきりとはわからない。

しかし、ひとつだけいえることがある。おたつを殺してもおかしくない、内縁の夫・忠七が生きているということだ。

もうひとり、万次郎の妻・お松は殺されているので、その心情を聞くことはできないが、忠七はそのかぎりではない。

「親分、忠七に会おう」

伝次郎はすっくと立ちあがった。

「やつからは話を聞いてるじゃねえか。無駄だろう」

「おたつのことをよく知るには、忠七しかいない」

「ま、そうだろうが……おめえも、しぶとい調べをするねえ」

藤吉はあきれたように腰をあげた。

三

忠七は家にこもって仕事をしていた。首に手拭いをかけ、唐金(からかね)をたたいたり、やすりで削ったりして、薬鍋(くすりなべ)の加工作業をしていた。

居職の職人だが、住まいは隣だった。つまり長屋に二軒の家を借りているのだ。忠七は戸障子を小さく開けて、仕事に没頭していた。その仕事ぶりを黙って眺めている伝次郎と藤吉にはしばらく気づかなかったが、動かしていた手を止めて、首筋の汗をぬぐったときに二人に気づき、ギョッと驚いた顔をした。

「何だ、親分でしたか……」

忠七は伝次郎の横にいる藤吉に気づいてそういった。伝次郎が忠七に会うのは、これが初めてだった。

忠七の家に入ると、藤吉が伝次郎を紹介して、打ち合わせどおりに話を聞いていった。

「すると飯を食ってすぐ出ていったんじゃなく、台所の片付けと井戸端で洗い物をすましてから長屋を出ていったんだな」

「へえ、そうです」

「どこへ行くとはいわなかったが、おまえは小宮山の殿様の家に行くと思っていた。この前はそういったな」

「へえ、今日も軽子坂に行くんだろうと、あのときは思ってました」

「そして、生きているおたつを見たのは、それが最後だった」

「そうなります」

藤吉はその後、忠七の〝夫婦関係〟を聞いていった。

黙ってその問答に耳を傾ける伝次郎は、ときどき仕事場の様子を見ていた。仕事場は畳敷きではなく、板の間になっていた。

そこに丸火鉢が置かれ、のせられた鉄瓶から湯気が出ていた。部屋には出来上がった香炉（こうろ）や花瓶（けびょう）、燭台（しょくだい）などの仏具が置かれている。唐金をたたいたり、切ったりする道具もある。

忠七のそばには唐金のカスが散乱していた。

「あの日の夕暮れ、おまえは近所に出かけたらしいが、どこへ行った？」

「酒を買いに行ったんです。軽く引っかけても来ましたが……それだけです」

「あとは一日中家にいたってことか」

「へえ、そうです」

藤吉はそれで聞くことは聞いたという顔を、伝次郎に向けた。

「忠七、おまえさんはおたつの尻に敷かれていたのか？」

伝次郎はずばりと聞いた。

たちまち忠七は不快そうな顔をしたが、

「まあ、そう思われても仕方ないでしょう」

と、あっさり認めた。

「いい争いやつかみ合いの喧嘩はしなかったと聞いたが、それだけ仲がよかったんだな。そして、おたつはおまえにとってものわかりのいい女だった」

「………」

「おたつはおまえのことをどう思っていたんだろう？　妾奉公しているのを知って

いながら、おまえはおたつと一つ屋根の下に住んでいたんだから、扱いやすい男だと思っていたんじゃないか？」

「あんたは人がいいとはよくいってました」

「尽くしてくれたか？」

「よくやってくれました。細かいところに気の利く女だったんです」

「……そうかい」

伝次郎はじっと忠七を見た。正視に耐えられないのか、忠七は視線を外して、どうしてそんなことを聞くのだといって、言葉をついだ。

「もう調べは終わって、何もかも片づいたんじゃないのですか？」

「片づいてないから、こうやって会いに来たんだ。おたつは殿様に別れ話を持ちかけられていることを、おまえに話したそうだな。おれはそんなことを聞いているが……」

「はい、それはおたつから聞きました」

「どう思った？」

「そりゃあ、早くそうなればいいと思っていましたから、これで縁が切れて、あっしだけに尽くしてくれる女になると思いました」

「だが、おたつは殿様と縁が切れるのをしぶっていたそうだな」

「多分、給金がなくなるのがいやだから、快く思っていなかったんだと思います」

「おたつは殿様の奥様によくされていたんだろうか、それとも嫌みをいわれたり意地の悪いことをされていたとか、そんなことはどうだろう？」

「それはなかったようです。軽子坂のお屋敷に行ってもおたつは、奥様を見ないといってました。同じ屋敷にいるのはわかっていたらしいんですが……おそらく、奥様が避けてらしたんでしょう」

「おまえは殿様に会ったことはあるのか？」

「会ったことはありません」

「でも、顔ぐらいは知っていたんじゃないのか？」

「どうしてそんなこと聞くんです？」

「いいから、どうなのだ？」

「そりゃ惚れた女の恋敵みたいな人ですから、遠目に見たことはあります。さすが御旗本だと思いましたよ。でも、ずいぶん年寄りだなと思いました」

「おたつは軽子坂の殿様の家に行かない日もあったんだな」

「毎日ではありませんでしたからね」

「そんな日にどこかへ行くことはあっただろうか？」

「近所に買い物に行くぐらいでした」

「二人揃って出かけたりはしなかったのか？」

「縁日や浅草に遊びに行ったり、両国の花火を見に行ったりはしました」

「おたつと仲のよかった人間を知っているなら教えてくれないか？」

「それがわからねえんです。おたつはそんな話はしませんでしたし、とくに親しく付き合っている友達もいませんでしたから……」

「なるほど」

伝次郎はそれで話を打ち切り、忠七の仕事場を出た。

すぐそばに井戸があり、長屋は袋小路になっていた。長屋への出入りは表通りに面した木戸口しかない。

「やはり、忠七には無理か……」

伝次郎はつぶやきを漏らして、長屋の表に向かった。

四

その日、竜太郎は虎御門内にある宮津藩上屋敷を訪ねていた。

国許を発つ際に、親しくしていた叔父から、江戸に行ったらこの人を頼れといわれていた。父・竜之介の朋輩で、滝山庄右衛門という人だった。竜太郎は会っているらしいが、記憶になかった。

おそらく滝山の江戸勤番が長いせいだろう。遠慮せずに会いに行っていいはずだが、どうしても門の前で二の足を踏んでいた。

藩主の松平伯耆守は老中職にあるので、藩邸に詰めている江戸勤番は多かった。そのなかには親戚もいるはずだが、山本家に近しい人たちはみな、

「江戸に行ったら、滝山庄右衛門に会え」

というのだった。

朝五つ（午前八時）過ぎに立派な駕籠が出ていった。侍や草履持ち、箱持ちなど十数人がしたがっていたので、あれがうちの殿様だろうと思って、竜太郎は見送っ

ていた。


それからもう一刻以上たつのに、まだ門前をうろついていた。躊躇(ためら)うのは金の無心をしなければならないからだった。しかし、あまりよく知らない人には頼みづらい。かといって金がないと動きが取れない。

伝次郎は親切にしてくれるが、金を貸してくれとはいえない。

(やっぱり頼むしかないか……)

竜太郎はひとつ大きな息をしてから、閉まっている重厚な門の前に立った。右手に潜り戸のついた長屋門である。

「お頼み申す！」

竜太郎は門内に声を張った。すぐに反応がなかったので、もう一度声を張って門をたたいた。するとすぐに潜り戸が開き、若い侍が顔をのぞかせて、何用だと問うた。

「わたしは丹後宮津からまいりました山本竜太郎と申します。父の竜之介は、こちらの屋敷に勤番していた折、不埒(ふらち)な中間に殺されました」

そこまでいうと侍の顔が驚きに変わり、

「すると、山本竜之介様のご長男か？」

と、いった。

「ご存じですか？」

「もちろん知っておる。よくまいったな、さ、入れ」

侍は、竜太郎を招じ入れて、自分は井原音三郎（いはらおとさぶろう）だと名乗った。

「敵討ちの旅に出ていると聞いていたが、江戸までやってきたのだな」

どうやら竜太郎のことは藩内に知れわたっているようだ。

「はい、敵は江戸に戻って来たのです」

「もしや、本懐（ほんかい）を果たしたのでは……」

井原は目を輝かせたが、竜太郎は首を横に振って答えた。

「まだです。それで、今日は滝山庄右衛門様に会いに来たのですが、会えますでしょうか？」

「滝山様に、もちろん会えるとも。いま取り次いで進ぜよう。玄関で少々待たれよ」

井原はそういうと、式台にあがって廊下の奥に消えていった。

竜太郎はしばらく庭を眺めて待った。砂が敷き詰められた庭には、箒(ほうき)で描かれた波模様があった。

色鮮やかに染まった樹木がある。黄葉した銀杏(いちょう)、紅葉した楓。それらが常緑の木々のなかに映えていた。

屋敷はいたって静かである。

聞こえるのは清らかにさえずり鳴く目白の声ぐらいだった。

「竜太郎殿、こちらへ」

井原が戻ってきて、竜太郎を屋敷内に導いた。廊下をしばらく歩いて行くと、小座敷があり、そちらへ通された。

かしこまって座っていると、足音がして一方の障子が開き、にこやかな顔をした年寄りがあらわれた。

「よう日に焼けておる」

年寄りはそういって竜太郎の前に座り、

「滝山庄右衛門だ。そなたの父上と同じ勘定方(かんじょうかた)にいたものだ。それに遠縁でもある。何度か会っているが、覚えているか？」

庄右衛門は柔和な目を向けてくる。

「申しわけありません」

竜太郎は正直に答えた。

「まだそなたが小さいときだったからな、無理もない。母御は旅の途中で亡くなられたそうだな。可哀相なことをした。お悔やみを申す」

竜太郎は頭を下げた。

「それで、茂平次は見つかったか?」

「はあ。一度は旅の途中で見つけましたが、母の体が弱っておりましたので、追うのをあきらめました。そのあとで母は死んでしまい、しばらく敵討ちの旅は取りやめていましたが、弔いがすむとまた茂平次を追う旅に出、江戸までやってまいりました」

「して、敵の茂平次は?」

「おそらくこの江戸にひそんでいると思われます。一度見つけてもう少しで、本懐を遂げられそうになったのですが、邪魔が入ってしくじりました」

「それは残念なことであった」

「今日は滝山様に他でもない相談があってまいりました」

竜太郎は緊張の面持ちで滝山庄右衛門を見たが、

「路銀のことなら遠慮なく申せ」

と、先にいわれてしまった。だが、そのことで少し気持ちが楽になった。

「あまり面識もないのに厚かましいのですが、その路銀の工面をしなければなりません。親戚の人たちに江戸に行ったら、ぜひ滝山様を訪ねろといわれておりましたので、こうやって図々しくやってまいりました」

「よいよい。遠慮などいらぬのだ。じつはいつ来るかと、首を長くして待っていたのだよ。それに金はそなたの親戚から送ってきてある。何も遠慮はいらぬ」

「親戚が……」

竜太郎は目をまるくした。まさか、親戚連中がそんな親切をしてくれるとは思っていなかった。

「あとでわたしましょう。それでどうやって茂平次を見つけるのだ？」

竜太郎は賭場に目をつけていることを話した。また、親切な船頭の家に世話になっていることも話した。

「見ず知らずの他人なのに、よくしてもらっているのか。それは奇特なことだ」

感心する滝山に竜太郎は、伝次郎との出会いを簡略に話した。

「すると、その船頭が敵討ちの邪魔をして、その償いにそなたに力を貸してくれていると。人の出会いとは、そういうものであろう」

「その方は後見も買ってくださっています」

「それはよかった。しかし、船頭に後見が務まるであろうか……」

「ご心配には及びません。その船頭はただものではないのです」

「ほう。と申すと……」

竜太郎は伝次郎のことをざっと話してやった。

「それは頼もしき船頭だ」

五

その日の夕刻、伝次郎は自身番に戻ってきた直吉郎に会った。

「番屋は狭くていかん、他に行こう」

直吉郎は伝次郎の顔を見るなり、そういってみんなを湯島横町にある料理屋の二階座敷に連れて行った。

女中が茶を持ってくると、

「しばらく客はここにあげるな。おれたちゃちょいと大事な話をしなけりゃならん」

直吉郎はそういって人払いをした。

直吉郎を中心に、伝次郎、藤吉、平次と三造の四人が車座に座った。

「伝次郎、おまえたちの話を先に聞くか」

いわれた伝次郎は、一度藤吉の顔を見てから、その日甲州屋に行った話と、おたつの情人だった忠七に会ってきた話をした。

「殿様の借金の返済のことは、おれも今日殿様の口から聞いたばかりだ。甲州屋はうまく立ちまわっているようだ。だが、これで甲州屋への疑いは晴れたといっていいだろう」

「それで、おたつが件の日に、長屋を出てどこへ行って何をしていたかを調べようと思ったんですが、忠七じゃ何もわかりませんで……」

伝次郎は苦々しい顔で茶をすすった。

「それはおれも気になるところだ。だが、きょう殿様と会って、何となく見えてきたものがある」

「それは……」

伝次郎は身を乗り出すようにして、直吉郎を見た。

「殿様は腹を切ったが、躊躇い傷ですんでいた。本気で死ぬ勇気はなかったようだ。だが、そのことで知らなかった話を聞くことができた。ま、考えりゃわかることでもあるが、直截に聞けばなるほどと思う」

「どういうことです？」

藤吉だった。

直吉郎は、その藤吉をちらりと見てつづけた。

「小宮山の殿様には長男がいた。当然家督を継ぐのはその長男だった。ところが、次男の芳次郎様が倉内家に婿養子に入って間もなく、長男が病に倒れ早世された。申すまでもなく家督を継ぐものがいなければ、その家は断絶だ。殿様は小宮山家存続のために芳次郎様の次男・鉄之輔様を養子にして、家を継がせるつもりだった。

ところが件の日に、頼みの鉄之輔様は殺されてしまった。これで望みは断たれたも同然。それを悲観して、殿様は切腹に及んだが、さっき話したように躊躇い傷で終わった」

「すると、下手人は小宮山家の断絶を狙っていたと……」

伝次郎だった。

「そう考えることもできる」

「そうなると下手人は小宮山家に恨みを抱いていた人間、あるいは殿様本人に恨みを持っていたものの仕業と考えることができます」

「たしかに。それはおたつでもかまわねえわけだ。殿様から縁を切られようとしていたおたつが、逆恨みをして殺したと考えることもできる。だが、それなら殿様を手にかけるのが筋のような気もする。また、奥方のお松様は、おたつのことを煙たがっていたし、嫌っていたようだ。そのことをおたつも十分承知していたようだから、おたつが奥方を手にかけたとしても不思議はない。だが、ほんとうにそうだったかというと、疑問が残る。やはり、お松様を殺すなら、殿様をも殺すべきだったはずだ。だが、下手人はそうしなかった。なぜか？」

直吉郎はみんなをゆっくり眺めた。

窓から入る日の光が翳りはじめていた。そのせいで、みんなの顔が暗くなっていた。

「おれもその真の狙いはわからねえ。ま、そのことはひとまず横に置いてつづけよう。伝次郎もさっき口にしたが、おたつの足取りがわからねえ。それは、家を出てからのことだ。殿様は、あの日おたつが来たのは日の暮れ前だったといっている。とすると、朝餉を食って家を出たおたつは、夕方までどこにいたのだ？」

「聞き込みで調べるしかありませんね」

小者の三造だった。

「うむ。明日からその聞き込みだ。それから、殿様はやはりおたつに縛られていた。それは晩酌の途中だったらしい。急におたつが豹変（ひょうへん）して、捨てないでほしい、いまさら縁切りするなら恨み殺すなどといって殿様を罵（ののし）ったらしい。だが、殿様はどうしても縁を切る覚悟をしていた。今日を限りに、屋敷には立ち入らせない、ときっぱりいったらしい。そのうち酔いがまわり、厠（かわや）に行くのもおぼつかなくなった。そのときを狙っていたのかどうかしらないが、よろけた殿様をおたつが縛りつけたのだ。殿様は抗（あらが）ったが、酔っていたからか弱い女の力に負けちまったらしい」

「殿様を縛ったあと、おたつはどうしたんです？」

伝次郎だった。

「それがわからねえんだ。気づいたらいなかったらしい。酔っていたんで、縛られたまま居眠りをしたらしいんだ。どのぐらい寝たかわからないが、おそらく小半刻ぐらいだろうといっていた」

「目が覚めたとき、おたつはそばにいなかったんですね」

「そうだ。そして、それからしばらくして悲鳴じみた声を聞いたらしい。それが鉄之輔様の声だったか、お松様の声だったか定かでないらしい。そのあとで、殿様は四つ（午後十時）の鐘を聞かれている」

「そのときも、おたつは姿を消したままですか？」

「そうだ。おれたちが駆けつけるまで、殿様はひとりで縛られたまま転がっていたんだ」

「てことは、おたつは殿様を縛ったあと、どこで何をしていたんです？」

藤吉だった。

「それがわかってりゃ世話ねえさ。わからねえから、こうやって雁首揃えてるんだ。とにかく、おたつの足取りが何にもわからねえ」

「中村さん、おたつが身投げしたと思われる場所はわかったんですか？」

伝次郎は疑問を呈して、ぬるくなった茶に口をつけた。

「それもわかっていねえ。わかってるのは、おたつが五つ（午後八時）頃殿様を縛ったということ、九つ（午前零時）に小石川御門の番士に見られているということ。それだけだ。ずっと屋敷にいたのか、他のところにいたのか、何にもわかってねえ」

「もし、おたつが九つ過ぎに奥様と鉄之輔様を殺したとするなら、下手人はおたつだったかもしれませんが、それはどうです？」

伝次郎は腕を組んで直吉郎を見た。

「それは無理だ。殿様ははっきり悲鳴を聞いてるんだ」

「五つ半（午後九時）頃ってことですね」

「そうだ」

伝次郎は腕を組んでうなった。

思考は堂々めぐりをするばかりだ。

「とにかくわかっていねえことを、明日からひとつずつ聞き調べていく。真相を知るにはそれしかねえ。今日はこれでお開きだ」

直吉郎はそういって差料を引き寄せた。

六

伝次郎は頃合いを見計らって、直吉郎の助ばたらきを切りあげるつもりだった。ところがそれができなくなった。そもそもおたつの死体を最初に見つけ、そこに駆けつけてきた同心が直吉郎だったので、あとはおまかせしますといえなくなった。

直吉郎も伝次郎の助を期待していたし、組んでやりたいという思いもひしひしと伝わってきた。もし伝次郎が、助ばたらきを断ったとしても、直吉郎は何もいわなかっただろうが、いまとなってはあっさり手を引くことができなくなっている。

(困ったものだ)

もっとも、早く真相がわかればいいのだが、謎めいた疑問が多すぎる。

日はすでに落ちていたが、西の空に薄あかりがかすかに残っているので、手探りをしなければならないほどの闇ではない。おまけに、曇っていた空が晴れ、いまは皓々とした月も出ていた。

伝次郎は舟提灯をつけずに大川をわたっていた。

風が冷たい。といっても頬を切るほどの冷たさではなかった。

大川端の料理屋のあかりが、黒くうねる大川の流れに揺れていた。

竪川から六間堀に入った伝次郎は、山城橋をくぐり抜けたところで、舟を岸壁に寄せた。水の中から棹を抜くと、つうっと棹先から落ちるしずくが切れるまで待った。この棹は、じつは仕込棹になっている。

伝次郎は舟の中に入れた棹を二つに分けた。ほぼ真ん中から先は舟底に置くが、刃のついたほうは隠し戸の中にしまった。この隠し戸は舳先と艫の両方にあり、ちょっとした物を入れることができた。

舟を新造するとき、船大工の小平次が気を利かせて作ってくれたのだった。舟底にたまる淦を汲み出す桶や雑巾、履き物などをしまえるが、じつは刀もしまうことができた。

河岸道にあがったときは、すでに西の空にあった薄あかりは消えていた。

「お帰りなさいませ」

腰高障子を開けるなり、竜太郎が笑顔を振り向けて、

「いま濯ぎをお持ちします」

と、気を利かせて台所に行こうとしたが、

「それには及ばぬ。川の水できれいに洗ってある」

伝次郎はそのまま居間にあがったが、竜太郎を振り返った。どことなく嬉しそうな顔をしている。

「何かあったか？　ひょっとして茂平次の居所がわかったというのではないだろうな」

「いいえ、今日は茂平次探しはやめにいたしました。じつは上屋敷に行って、ちょっといいことがあったのです」

「ほう、何だろう。教えてくれるか」

「もちろんですとも。それでお食事はどうされますか？　入り用なものがあったら買いに走ります」

伝次郎は少し考えてから返答した。

「表に食いに行こう」

「では千草さんのお店にしませんか。あの女将さんは気持ちがいいし、料理が上手です」

「いいとも」

千草の店ならいうことはない。

それに伝次郎には考えていることがあった。

小宮山家で起きた事件である。何とも謎が多く、伝次郎を含め探索にあたっているもの全員が混迷している。

こんなときは、目線を変えた考え方をしなければならない。それには第三者の意見を聞くのが有効だ、ということを伝次郎は経験上知っている。

竜太郎や千草に事件のことを話しても支障はないし、素人の直感が功を奏することもある。

「あれ、久しぶりですね」

千草の店に入るなり、大工の英二が声をかけてきた。

「ほんと久しく顔を見ないんでどうしてるかと思ってたんですよ。今日はまたずいぶんお若い方をお連れで、へへ、こんばんは」

そういうのは畳職人の為七だった。英二と向かいあって飲んでいた。二人とも常連客である。

「もう出来上がってるじゃねえか」

伝次郎は職人言葉で応じて、小上がりの隅に陣取った。

客は英二と為七だけで、勝手なことをしゃべっては笑いあっている。

「先日はおいしい玉子焼きありがとうございました」

千草がそばに来ると、竜太郎が真っ先に礼をいった。

「あら、喜んでもらって嬉しいですわ」

「ほんとにおいしかったんです。それに、ここの料理も格別でした。今日は伝次郎さんに無理をいって連れてきてもらったんです」

「ま、嬉しいことを。それじゃ今日も腕によりをかけなくっちゃね」

千草は微笑みを返して、伝次郎にいつものでいいのね、と聞く。この辺はあうんの呼吸である。それから竜太郎にも、何をお出ししましょうかと訊ねる。

「女将さんにおまかせします」

竜太郎はにこにこ顔で答えた。

「今日はいいことがあったといったが、何だね？」

「旅に出る前に親戚の人たちに、もし江戸に行って困ったことがあったら、江戸屋敷詰めの滝山様を訪ねろといわれていたんです。でも、わたしは顔見知りではないので遠慮していたのですが、じつは正直にいいますと……」

竜太郎は少し逡巡(しゅんじゅん)した。

「何だ、そこまでいったんだ。はっきりいえ」

「はい、じつは路銀が尽きていたんです。伝次郎さんにはお世話になりっぱなしで、このままでは茂平次探しもままならないと悩んでいたんです」

「それで江戸屋敷を訪ねて、滝山様から路銀を用立ててもらった、ということか」

「あれ、どうしてわかるんです？」

竜太郎は目をまるくする。

「そこまで聞けば察しはつくだろう」

「まいったな」

竜太郎は照れたように頭を掻く。

「だから嬉しそうな顔をしていたんだな。後ろ盾になっている人がいるというのはいいことだ」

「まったくです。明日から気持ちを新たにして、茂平次探しに取り組むことができます」

竜太郎は目を輝かせる。

そこへ、伝次郎の酒が届けられた。まずは千草が酌をしてくれる。

「今夜はちょっと二人に、知恵を貸してもらいたいことがある」

伝次郎は酌を受けてからそういった。

「あら何でしょう？」

七

千草は料理を出したり器を下げたりで、落ち着かなかったが、おおいに伝次郎の話に興味を持ち、詳細に聞きたがった。竜太郎も朧気には知っていたが、今夜はっきりと伝次郎の手がけている事件についてわかったと、目を輝かせた。

客はその後入ってこず、常連の英二と為七は陽気に酔っ払い、笑いの絶えない上機嫌さで帰っていった。

その二人が帰ると、

「もっと、そのこと聞きたいわ」

千草はさっさと暖簾をしまう始末である。

「何もかも話してしまったが、明日からの探索もあるので、このこと決して他言無用に願うぞ」

伝次郎はすべてを話したあとで、釘を刺した。

「つまり、わからないのはそのおたつさんが、家を出てから殿様のお屋敷に行くまでどこにいたか？　また、おたつさんが殿様を縛りつけてから、小石川御門前で声をかけられるまでどこにいたかということ……」

「そして、その御門前からどこに行ったかということですね？」

竜太郎が千草の言葉を引き継いでいった。

「もうひとつあるわね。おたつさんが身投げしたかどうか、それも定かではないわ」

「さようだ」

伝次郎は盃（さかずき）に口をつける。

「定かでないのは、おたつさんが、鉄之輔様と奥様を殺したかどうかってこともです」

真剣な顔つきでいう竜太郎は、焼き魚と味噌汁、お新香に丼飯をきれいに平らげていた。

「わたしは同じ女として、少しおたつさんのことがわからないわ。通いの妾でありながら、忠七って人がいたんでしょう。そのことを考えると、忠七さんがなんだか可哀相。おたつさんはあんまりだわ」

「しかし、そういう関係だったのだ」

伝次郎は煙管に刻みを詰めて火をつけた。

「可愛さ余って憎さが百倍というけれど、忠七さんはそんな気持ちにならなかったのかしら。よく考えてみると、じっと我慢していた忠七さんもおかしいわ」

「それじゃ女将さんは、忠七さんの仕業だとおっしゃりたいので……」

竜太郎だった。

伝次郎は口をつぐみ、しばらく二人の推量を聞くことにした。

「忠七さんが手を下してもおかしくはないわ。当然、忠七さんは殿様のことをよく思っていなかった。この世からいなくなればいいと思っていた。だから、いやってほど苦しみを味わわせてやりたかった。そのために、将来家督を継ぐはずだった鉄之輔様を殺した。そうすれば、殿様はまた苦しまなければならない」

「それだったら、奥様まで殺すことはないでしょう」

「いいえ、屋敷にはおたつさん以外に女中や中間はいなかったのです。つまり、奥様が死ねば、あとのことはすべて殿様がやらなければならない。生計(たつき)も楽ではないし、家督を継ぐべき人もいない。小宮山家はそのまま断絶という道筋になるじゃない」

「まあ忠七さんは男だし、仏具師らしいので、鋏を使って二人を殺すのは難しくなかったでしょうが……。忠七さんは長屋から出ていないんですから、そうでしたよね、伝次郎さん」

竜太郎がきらきらした瞳を向けてくる。

伝次郎はそうだといって、言葉をつぐ。

「千草の推量は一応筋は通っているが、竜太郎がいうように、忠七は件の夜に長屋から出ていないのだ」

「絶対にですか？」

千草は挑むような目を向けてくる。

「今日あの長屋に行ったが、人の目を盗んで長屋から出ることはできない。木戸口はひとつで、袋小路になっているんだ」

「どこかに抜け道があるかもしれませんわ。それもたしかめたの？」

そういわれると、伝次郎も自信をなくす。

「そうだな、それはもう一度調べてみる必要があるな」

「わたしはおたつさんが返り血を浴びていたというのが、気になります」

竜太郎が割り込んできた。

「おたつさんが、もし下手人だとしたら、おたつさんは九つに小石川御門前を通り、それから軽子坂の殿様の屋敷に引き返し、そこで奥様と鉄之輔様を殺した。そのあとで、神田川に身投げをしたのではないでしょうか」

「いや、それは難しいことだ」

伝次郎がすぐに遮って否定した。

「なぜなら、同じ屋敷内に殿様は縛られていたのだ。九つ過ぎまで、そのことに奥様や鉄之輔様が気づかなかったというのはおかしい」

「それじゃ、やっぱり二人は殿様が悲鳴を聞かれた時刻に……」

竜太郎は腕を組んで、宙の一点に目を注ぐ。

遠くから夜廻りをする拍子木の音が聞こえてきた。

「おたつさんは何もしなかったのかもしれない」

小さな声でつぶやくようにいった千草を、伝次郎はさっと見た。

「それはどういうことだ？」

「もし、もしもですよ。殿様が奥様を殺したということはどうでしょう？」

「なぜ、そんなことをしなければならない」

「奥様は夫とおたつさんの関係に嫉妬し、恨んでいた。そしてその怒りが我慢できないところまでに達し、殿様に悪態をついて食ってかかった。でも、所詮女、男の力にはかなわないので、殺されてしまった」

「それじゃ、養子にもらう鉄之輔様は誰が殺したのだ?」

「それは……そうか、そうですね」

「たとえ、奥様を殺めたのが殿様だったとしても、殿様にとって鉄之輔様は家督を継ぐ大事な人だ。絶対に殺すようなことはない」

「九つ過ぎまで、奥様も鉄之輔様も生きていたらどうなります?」

竜太郎の言葉に、伝次郎ははっとなった。

「殿様も縛られてはいなかったなら……」

「みんな生きていたというの」

千草は睫毛(まつげ)を上下させて、竜太郎を見た。

「そうです、すべては九つ過ぎに起きたとしたらどうでしょう」

竜太郎のこの言葉にも、伝次郎は瞠目(どうもく)した。

(そうかもしれねえ)

内心でつぶやく伝次郎は、謎を解く小さな光明を見た気がした。

第五章　どんど橋

一

「よし、手はずどおりに調べを進める。みんな手分けをしての聞き込みだ」

翌朝、簡単な打ち合わせののち、直吉郎は檄を飛ばすようにみんなを見て立ちあがった。

湯島一丁目の自身番を出たみんなは、それぞれの方角に散っていった。

伝次郎と藤吉は、忠七の長屋に近い本郷金助町へ向かい、そこからおたつの足取りを追うための聞き込みである。

直吉郎と平次は軽子坂の小宮山家に向かった。もう一度細かいことを小宮山万次郎にたしかめるためだった。

そして、直吉郎のもうひとりの小者・三造は、おたつが身投げした場所を特定するための聞き込みと、その場所の探索だった。

氷雨(ひさめ)の降る寒い朝であった。

しかし、雨は強くなく霧雨である。傘を差したり、蓑笠(みのかさ)をつけたりしているものもいるが、濡れながら平気で歩いているものも多い。

「なんで黙ってんだい」

歩きながら藤吉が聞いてくる。

うんと、伝次郎は気のない返事をして、もくもくと歩く。

昨夜、千草と竜太郎と推量しあったとき、何となく真相解明の糸口をつかんだと思ったが、今朝になって考え直すと、やはり手掛かりになるもの、あるいは証拠がなければならないと思い至った。

(手掛かり……さて、それは。そして、証拠となるもの……)

伝次郎はずっとそのことを考えていた。

「どこから聞き込んでいく?」

藤吉が声をかけてきた。

はたと気づいたら、もう本郷金助町まで来ていた。

「なんだか今日はおかしいじゃねえか。どっか具合でも悪いんじゃねえのか」

藤吉が怪訝そうに見てくる。

「考えていることがあるんだが、なかなかまとまってこないだけだ」

「何いってやがる。考えてことが片づきゃ世話ねえや。いまは歩いて聞いていくしかねえだろう」

「そうだな。おそらくおたつは、買い物をして殿様の屋敷に行っただろうから、そんな店をあたっていくか」

二人は地道な聞き込みを開始した。長屋の近くの町屋では、おたつのことを知っているものが何人かいたが、事件のあった日のこととなると、みんな記憶が曖昧(あいまい)である。昨日のことだって、ちゃんと覚えていないという。

しかし、件の日に本郷金助町で買い物をした節はないようだった。

「買い物をしたとしたら、何だろう？」

伝次郎は疑問を口にする。

「そりゃ飯の種だろう。魚とか野菜とかそんなもんじゃねえか」

「魚だったら屋敷のそばの魚屋か、近所に来る棒手振から買ったほうがいいはずだ」

「じゃあ、惣菜とかそんなもんかな」

「それはあるかもしれぬ」

冷たい霧雨は降ったりやんだりを繰り返していた。いつしか着物が雨を吸い、重くなっていた。

伝次郎と藤吉は、おたつが軽子坂の屋敷に通う道筋を考えながら聞き込みをしていったが、とくにこれといったことは聞けなかった。

本郷元町から御茶ノ水河岸まで来ると、しばらく町屋はない。河岸地の近くに茶店があるぐらいだ。だが、茶店への聞き込みも怠らなかった。

「藤吉、悪いが先に行ってくれ。おれはもう一度忠七に会ってくる」

水道橋の手前に来たとき、伝次郎は立ち止まった。

「やつには昨日会ったばかりじゃねえか」

「おたつが、どんな道筋を辿って軽子坂に通っていたか、知っているかもしれねえだろう」

「そうだな。じゃあ先に行ってるわ」

伝次郎は背を向けた藤吉を見送ってから、本郷金助町に引き返した。

忠七の住む留蔵店は、亭主連中が出払っているので静かだった。霧雨が降っているせいか、井戸端にも女房連中の姿はなかった。

伝次郎はまっすぐ忠七の仕事場を訪ねたが、姿はなかった。隣の住まいかもしれないと思ってそっちに行くと、戸はしっかり閉められていた。声をかけても返事がない。ひょっとすると、厠にでも行っているのではないかと思い、仕事場のほうに戻った。

「忠七さんなら出かけていったよ」

伝次郎の声に気づいたらしい、長屋の女房がそういった。伝次郎は楽な着流し姿である。刀も差していないので、その辺の町人にしか見えない。

「すぐ帰ってくるだろうか？」

「さあ、それはどうですかね。風呂敷を担いでいたんで、拵（こしら）えた仏具を届けに行ったんじゃないかしら」

「そうか……」

伝次郎は忠七の帰りを待つべきかどうか、少し迷った。

そのまま開け放してある仕事場の上がり框に腰掛けて、雑然としている部屋の中を眺めた。製作途中の仏具が無造作に置いてある。香炉、燭台、薄端、金仏……。隅には材料の唐金が積んであった。鋏や錐、鑿、玄翁、小型の木製台と鉄台がある。

火鉢の火は消えていて、五徳にのせてある鉄瓶も冷たくなっていた。壁際に煙草盆が置かれていた。その脇に縁の欠けた湯吞み茶碗があった。

台所のすぐ先に裏の戸口があったので、伝次郎は戸を開けてのぞいてみた。人ひとりがやっと通れそうな猫道が、長屋の奥の塀までつづいている。どん突きは塀で、すぐその先は商家の壁になっていた。

忠七の仕事場を出ると、さっきの女房が井戸端で水を汲んでいたので声をかけた。

「あんた、忠七さんと同じ職人には見えないね。どっかの店の人かねェ」

「いや、そうじゃないが、ひとつ聞きたいことがある」

「なんだい」

女房は水を汲みながらいった。

「この長屋の出入りは木戸口しかないようだが、他にないかね」

「あるよ」

女房があまりにもあっさり答えたので、伝次郎は片眉を動かした。

「そりゃどこだい？」

女房は水を汲む作業の手を止めて、どん突きの右手を指さした。

「あそこの板壁が外れてんだ。子供たちがおもしろがって、出入りしているよ。何度叱っても無駄さ。ま、泥棒が出入りするわけじゃないからみんな放ってるけどね」

伝次郎は教えてもらった板壁のところに行ってみた。

外れている三枚の板が、立てかけられていた。それをどけると、裏の通りに出られるようになっていた。

伝次郎はさっと背後を振り返った。

忠七は誰にも気づかれずに、長屋を出入りすることができたのだ。

一度、藤吉に合流しようと考えた伝次郎は、忠七の長屋を出た。しかし、胸の内にざわつくものがあった。それにかすかな高揚感。

同心時代にそんなことが何度かあった。それは決まって核心に迫ったときだった。まだこれといった確証は得ていないが、解決の糸口をもう少しでつかめそうな気がしてならない。

二

霧雨は降ったりやんだりを繰り返していた。濡れた地面と同じように、着物も雨を吸って黒くなっている。

藤吉を見つけたのは、牛込揚場町にある茶問屋の前だった。

「忠七が長屋を抜けだすことができただって……」

伝次郎の話を聞くなり、藤吉は頓狂（とんきょう）な声を漏らした。

「だから、忠七が殺しに絡んでいるっていうわけじゃないが、もう一度やつから話を聞く必要がある。ちょっとそこで休もう」

伝次郎は近くの茶店に藤吉を促した。

「何かわかったか？」

伝次郎は床几に座り、茶の注文をしてから訊ねた。

「小石川御門に件の日におたつを見たって番士がいたんで、もういっぺん間違いないかときいたんだが、たしかに間違いないといった。ところが、おかしなことがあるんだ」

「なんだ？」

伝次郎は藤吉のギョロ目をのぞくように見た。

「この町の木戸番も女を見たっていうんだ。それがどうもおたつのようなんだよ」

「件の晩ということか？」

「ああ、それも九つ前に見て、またそのあとで見たらしい」

「なんだと」

「それが二度目は男連れだったらしいんだ」

「男連れ……」

伝次郎は目を光らせた。もしや、忠七だったのでは……。そうかもしれない。

「親分、おたつは男といっしょだったんだな」

「そうらしい」

伝次郎はすっくと立ちあがった。

「おい、どこ行くんだ」

藤吉が声をかけてきたが、伝次郎は返事もせずに歩いた。

「番人、ちょいと聞きたいんだが、いいかい」

伝次郎が声をかけると、一心に草鞋を編んでいた番人がひょいと顔をあげた。

「なんでしょう？」

「ついこないだのことだが、軽子坂のお屋敷で殺しがあったのは知ってるな」

「へえ、知ってますよ。さっきも、そこにいる親分にいろいろ聞かれたんですがね」

伝次郎のうしろに藤吉が立っていた。

「女が九つ前にここを通ったそうだな」

「へえ、身投げしたらしい女のことでしょう。まあ、その女だったかどうかわかりませんがね。おかしなことにそこを通ったと思ったら、しばらくして今度は男と二人でまた戻って来たんです」

番人は木戸の左右にある潜り戸を見ていう。

町木戸は昼間は開けられているが、夜四つ（午後十時）以降は閉められ、脇にある潜り戸を使って出入りするようになっている。

「どんな男だった？」

「どんなって……よくは見ませんでしたから……」

「侍だったか、それとも職人ふうだったか、それはどうだ？」

「侍じゃなかったですね。まあそういわれりゃ職人ぽかった気がします」

「女は四十過ぎの年増だったはずだ」

「よくは見ませんでしたが、まあ若くはありませんでしたよ」

「それで、その二人はそのあとまた戻って来たのか？」

「それきりです」

「二人が潜り戸を抜けたのは、たしかに九つを過ぎていたんだな」

「まあ、小半刻は過ぎていましたね」

伝次郎の頭の中で何かがはじけた。そして、昨夜、竜太郎のいった言葉がはっきり甦ってきた。

――九つ過ぎまで、奥様も鉄之輔様も生きていたらどうなります？

「どうしたんだよ……」

真剣に頭をめぐらす伝次郎に藤吉が声をかけてくる。

「おたつと思われる女を見た、小石川御門の番士はいまもいるんだな」

「ああ、さっき会ってきたからよ」

伝次郎はさっときびすを返すと、小石川御門に足を向けた。藤吉が「いったいどうしたってんだ」と、ぼやきながらついてくる。

「ひょっとすると、殿様は嘘をついているかもしれぬ」

「何だって」

伝次郎の言葉に、藤吉は素っ頓狂な声をあげた。

「そうでなくても、この一件には忠七が絡んでいると考えていいかもしれねえ」

「おいおい、そりゃどういうことだ」

「おたつは九つに小石川御門の前で声をかけられ、そして小半刻後に牛込揚場町の木戸門を通り抜けている。そのときいっしょにいたのは、忠七だったかもしれない。

もし、そうなら、忠七は何もかも知っているはずだ」

伝次郎は小石川橋をわたった。すぐそこに小石川御門がある。水戸家が登城するたびに使用するので「水戸様御門」と呼ばれもする。

門の警衛をする番士は立っていない。門を入ると溜（た）まりといわれる広場があり、その先にまた門がある。そこに番士が立っていた。

通常はこのような警備体制で、橋際に番士が立つことは希（まれ）である。だから伝次郎はたしかめておきたかった。

二つ目の門を通ると、そこに番士らの詰める大番所がある。藤吉が訪ねて行き、ひとりの番士を連れてきた。

「何度も同じことを、どうしたというのだ」

番士は面倒くさいという顔でやって来た。まだ二十代半ばの若い同心だった。

「この方が、件の夜に女に声をかけたって人だ」

藤吉が紹介すると、伝次郎は殊勝に頭を下げて、ひとつだけ聞かせてくれといった。

「なんだ、拙者は暇な身ではない。勤めの最中なのだ。用があるなら早くいえ」

「何度も申しわけありません。その、あなた様が見たという女ですが、それは九つだったのですね」

伝次郎はあくまでへりくだって訊ねる。

「さようだ。鐘を聞いたから間違いはない」

「そのとき、女は橋の左手からやって来たのですね」

「さようだ。ちょいと橋際まで見廻りに出た折、提灯を持った女がひとりで歩いているので、声をかけたのだ。若い娘だと思ったが、もうだいぶ年増だった。これから帰るところだから心配はいらないといった。それで気をつけて帰れといって見送った。ただ、それだけのことだ」

「その女はどっちに歩いて行きました？」

「火除明地を水道橋のほうへだ。拙者はそのまま番所に戻ったから、あとのことはわからぬ」

「それじゃ、女が後戻りしてきたかどうかわからないってことですね」

「そういうことだ」

伝次郎は礼をいって、小石川御門を離れた。

「おいおい、今度はどこへ行くってんだい」

小石川橋をわたりながら藤吉が不平顔をする。

「中村さんに会おう。殿様からどんな話が聞けたか、気になる」

伝次郎は空を見あげた。

霧雨はいつしかやんでいた。

三

小宮山家の門前に、直吉郎と小者の平次が手持ち無沙汰な顔で立っていた。直吉郎は伝次郎と藤吉に気づくと、渋茶を飲んだような顔で首を振った。

「どうしたんです？」

「会ってくれねえんだ」

直吉郎はくわえていた爪楊枝をペッと吐きだした。

「それでずっと待っているんですか？」

「中間が、もうすぐ会えるといいやがるから待ってるんだが、急かすともう少しだと引き延ばしにかかる。まったく……」

「殿様は中間を雇われたんですか？」

「そうじゃねえさ。また腹でも切られたらたまらないから、倅の倉内芳次郎様が見張り役だろう。芳次郎様の雇っている女中もこっちに通ってきてるようだ。それで、何かあったか？」

門前での立ち話になったが、伝次郎は忠七が誰にも見られずに長屋を抜けられることと、件の夜におたつらしい女が、男を連れて牛込揚場町の木戸門を抜けたことを話した。

「なんだと……」

直吉郎は眉間に深いしわを刻んだ。

「おたつらしい女が小石川御門前、いえ、正しくは小石川橋のそばで番士に声をかけられたのは、九つ。その女はどんど橋のほうからやってきて、水道橋のほうに歩き去っています」

「ふむ」

「それだけなら引っかかりはしないのですが、九つから小半刻ほどたったとき、おたつと思われる女が、男を連れて牛込揚場町を抜けています。しかしその後、その女と男は見られていません」

「それが、おたつと忠七だったら、どういうことになる？」

「殺しには忠七も関わっていた、ということでしょう。そして、その殺しは九つ過ぎに行われた」

「殿様が悲鳴を聞いたのは、その時刻ではない」

「それが気のせいか、嘘だったとすれば……」

「嘘」

直吉郎は声をひっくり返していった。

「あくまでも勝手な推量ですが、奥様も鉄之輔様も九つ過ぎまで生きていらっしゃった。だが、おたつが忠七を連れて戻って来たことで、何かが起きた」

直吉郎は時が止まったような顔で伝次郎を見ていた。

「どんな経緯で、誰がどのように二人を殺したのかわかりませんが、おたつと忠七は屋敷を出たあと、牛込揚場町を通らずに帰った。そういうことになります」

「伝次郎、そうなると、忠七がおたつを殺したってことになるな。そして、忠七は牛込揚場町の木戸門を木戸番に見つからないよう帰った……ん……」

そこで直吉郎は、目をみはった。それから、ぱんと手をたたいてつづけた。

「忠七が木戸番に見つからないように帰ったとしても、おたつと落ちあう前にはそのかぎりじゃないってことじゃねえか」

そのとき、三造が軽子坂を駆け上ってきた。首筋の汗をぬぐい、

「旦那、おたつが身投げした場所がわかりました」

といって、はあはあと荒い息をしながら両膝に手をついた。

「どこだ？」

「どんど橋のそばです。釣り人が揃えてあった草履を拾ってんです。おたつのものかどうかわかりませんが、話を聞くとおたつの死体が見つかった朝のことです」

「それじゃおたつはどんど橋のそばで身投げをしたってことか……」

直吉郎は宙の一点を凝視する。

どんど橋の堰（せき）より上は、釣り禁止だが、堰の下は禁止されていない。堰を越えて落ちてくる魚が豊富なので、釣り人たちに人気の場所だった。

「中村さん、おたつは身投げしたように見せかけられたのかもしれませんよ」

「忠七の仕業ってことか……。とにかく、忠七が件の夜に、それも九つをとっくに過ぎた時刻、おそらく丑三つ頃に見られているなら。忠七をしょっ引く」

「旦那、殿様はどうします？」

小者の平次が瓢箪面を直吉郎に向け、それから伝次郎を見てまばたきをした。

「こうなったら殿様は後まわしだ。会う気がねえんだ。おれたちゃ手分けして、本郷界隈の木戸番をあたる。そっちが先だ。行くぞ」

直吉郎が先頭を切って歩きだした。みんなそれにつづく。

本郷元町に着くと、直吉郎は再び指図をした。

「よし、ここから手分けして木戸番小屋をあたる。みんなでやれば、手間はかからねえはずだ。終わったら本郷一丁目の番屋前で待て。かかれ」

その場で各々どの町の木戸番へ走るか、短く話しあって散っていった。

伝次郎は湯島五丁目と六丁目をあたることにした。聞き込みは、それぞれ三ヵ所程度で終わるはずだから、結果も自ずと早くわかるはずだ。

伝次郎は都合三ヵ所の木戸番を訪ねて、忠七のことを訊ねていったが、日にちがたっているせいか件の夜のことをすぐに思いだせる番人はいなかった。あれこれ説明を加えても、もう記憶は曖昧になっているようで、はっきりしたことは聞けなかった。

ただいえるのは、夜九つ頃、潜り戸を抜けて行った町人は見なかったという。結局成果もなしに、待ち合わせの自身番前に行った。

先に聞き込みを終えていた平次が軒下に立っていた。瓢簞面ののっぽで、頼りなく見えるが、とことん直吉郎に忠実な小者だった。

「忠七を見たものはいなかったか。そんな顔だな」

伝次郎が平次のそばに行っていうと、旦那もそんな顔していますという。

「旦那はよせ。おれはもう町方じゃないんだ」

「わかってますけど、昔の癖ですから。藤吉は生意気な岡っ引きでしょう」

「それがやつの取り柄(え)だろう。だが、まあやることはやってくれるよ」

「ならいいんですが……」

平次はそういってから、雨がやんでよかったですねと付け足した。二人して雨あがりの空を仰ぎ見た。

「殿様はずいぶん頑(かたく)なです。まあ、公儀目付は此度(こたび)の件を片づけてますから、町方の調べに応じるのが面倒なんでしょうけど……」

「腹の傷はどうなんだろう。躊躇い傷だと聞いてるが……」

「さほどひどくないみたいです。しかし、屋敷に出入りする人が増えてます」

どういうことだ、と伝次郎は平次を見た。

「さあ、どういうことでしょう。今日は中間と女中の他に侍の出入りもありました。浪人ぽかったのが気になりますが……」

「ひとりか？」

「いえ、三人いました。非番の幕臣かもしれませんが……」

そのとき藤吉が足取り軽くやって来て、

「忠七を見た木戸番がいたぜ」

といった。

「まことか」

平次が目を輝かせて聞く。

「油坂（あぶらざか）の木戸番が見ていた。忠七に間違いないといった。それも八つ（午前二時）過ぎだ」

油坂は本郷竹町にある。

「藤吉、でかした」

伝次郎がいったとき、直吉郎と三造がやって来た。

「旦那、油坂の木戸番が忠七を見ていやした」

藤吉の報告を受けた直吉郎は、らん、と目を光らせ、

「よし、忠七をしょっ引く」

といって、口を真一文字に引き結んだ。

四

降りつづいていた霧状の雨はやんだが、江戸の町は相変わらず鼠色の空に覆われていた。昼間なのに夕暮れのようなうす暗さだ。

直吉郎を先頭に、伝次郎たちは忠七の住む留蔵店に向かった。一目で八丁堀同心だとわかる直吉郎が、四人の男を従えているので、何となく物々しい雰囲気がある。それを感じる町のものたちが視線を向けてくる。

直吉郎は留蔵店の木戸口で立ち止まると、

「三造、平次、忠七の家を見てこい。いたら、そのまま連れてこい」

と、指図した。

すぐに三造と平次が長屋に走って行ったが、忠七は不在らしく、そのまま引き返してきた。同じ長屋の連中に忠七のことを訊ねると、朝出かけたままだという。

「それじゃ拵えた仏具を納めに行ったままなんだ」

伝次郎はそう聞いていると、誰にいうともなしにいった。

待とうということになり、近くの茶店で暇をつぶすことにした。

「伝次郎、おめえに頼まれていたものだ」

床几に座って茶を飲んでいると、直吉郎が思いだしたという顔で、数枚の半紙をわたしてきた。市中の賭場の場所を調べた書付だった。

「助かります。あとでどうなっているか聞こうと思っていたんです」

「おめえに頼まれたことは忘れやしねえさ」

直吉郎はニヤッと笑って、煙管を吸いつけた。

「……殿様の家の手伝いが増えたみたいですね。平次がそんなことをいってましたが」

　伝次郎は書付を懐に入れてからいった。

「次男の芳次郎さんが気を利かせてるんだろう。また切腹されちゃ困るからな」

「忠七の証言次第では、改めて殿様の調べをすることになるのでは……」

「そんときゃ目付に預けるさ。波風は立てたくねえからな」

　それが無難な処置だろう。伝次郎は納得顔で茶に口をつけた。

　目の前は小さな通りで、行き交う人の数はさほど多くない。行商人がときどき歩き去ったり、近所のおかみ連中ががやがやと歩き去ったり、はたまた托鉢僧が喜捨を乞いに店を訪ねたりしていた。

　古着屋に惣菜屋、小間物屋もあれば茶屋もあるし、角には煙草屋がある。伝次郎たちのいる茶店の右は煎餅屋で、左には一膳飯屋、その隣は筆屋といった按配だ。どこも小さな店ばかりである。

　半刻ほどたったとき、八つ（午後二時）の鐘が聞こえてきた。

　藤吉が腹が減ったなとぽつんとつぶやくと、三造がそろそろ忠七も帰ってくるだろうと気楽なことをいった。その科白を平次が引き継ぎ、忠七をしょっ引いたら飯だといった。

だが、それから小半刻たっても忠七の帰ってくる様子はなかった。

「商品の納め先が遠いのかな……」

直吉郎が中山道のほうを見る。茶店から南の方角である。目の前の通りを北へ行くと、麟祥院で、その寺の隣は金沢藩前田家上屋敷だ。

伝次郎は通りを眺めながら、竜太郎のことをちらりと考えた。今日は京橋から築地のほうに行ってくるといっていた。

(茂平次を見つけられるだろうか……)

音松の調べも気になっている。

伝次郎は二、三日のうちに、おたつの一件は終わるだろうと楽観視していたが、考えが甘かった。妙に難しい判じ物になっているのだ。

しかし、真相がわかるのは時間の問題だった。それも忠七の証言次第だろう。

中山道のほうに目をやったとき、二人の町娘が商家の主に挨拶をして、路地に消えていった。大八車を押していく車力を、商家の小僧が追い抜いていった。風呂敷を小脇に抱えていたので使いに出されたのだろう。

脇の路地から背中に大きな箱物を背負った行商人があらわれたとき、中山道のほうからやってくる人影があった。

忠七だった。

「やっと待ち人来たるか」

直吉郎も気づいてつぶやいた。

伝次郎はそのとき、異様な動きをした浪人風の侍を見た。一軒の店から出てきて、一方に顎をしゃくったのだ。すると、そちらに別の侍の姿があった。目を凝らすと、もうひとりいた。

伝次郎は待ち合わせの自身番の前で、平次のいった言葉を思いだした。

——今日は中間と女中の他に侍の出入りもありました。浪人ぽかったのが気になりますが……。

それは三人だといった。

(もしや!)

伝次郎ははじかれたように立ちあがった。小宮山万次郎は忠七の口封じをするために、浪人を雇ったのではないか。

「伝次郎、どこへ行く」

直吉郎の声が追いかけてきたが、伝次郎は忠七を迎えに行くように足を急がせた。

忠七はのんきそうな足取りで帰ってくる。伝次郎の目は浪人ふうの男たちに注がれていた。ひとりが鯉口（こいぐち）を切った。

伝次郎は舌打ちをした。身には寸鉄も帯びていない。刀を持参しなかったのを悔やんだが、もう手遅れである。

右の浪人が進み出た。

「忠七！　逃げろ！」

突然声をかけられた忠七が、ぽかんとした顔で立ち止まった。

右に男が抜刀しながら姿をさらした。伝次郎はその男の横腹に体当たりをするなり、刀を持っている右腕を捻りあげて、その手首を強くたたいた。

刀がチャリンと金音を立てて落ちた。伝次郎はそれを拾うなり、正面から斬りかかろうとしていた男の刀をすりあげて、腹を蹴って倒した。

男はそのまま背後に積んであった薪束（まきたば）に、背中をぶつけて尻餅をついた。

「おいまずい。逃げろ！」

もうひとりの侍が、二人に忠告を与えた。

駆けつけてくる直吉郎たちに気づいたのだ。それでも、腹を蹴られた男は、敏捷に立ちあがるなり、伝次郎に突きを送り込んできた。

さっと体をひねってかわすと、袈裟懸けに斬り込んできた。伝次郎は右にまわり込むようにして、その刀をすり落とすと、今度は尻を蹴った。

男はつんのめって倒れそうになったが、片膝をついて持ち堪え、悔しそうに伝次郎を振り返り、そのまま逃げる仲間のあとを追って駆け去っていった。

突然の斬り合いに町は騒然となっていたが、忠七はわけがわからないという顔で突っ立っていた。

「忠七、ちょいとおめえに聞きたいことがある。番屋まで付き合ってくれ」

直吉郎が忠七の肩に手を添えて促した。

そのときになって忠七は、やっと現実を知った顔になり、まわりにいる伝次郎たちを見て恐怖したように顔をこわばらせた。

五

一行はもくもくと本郷通り（中山道）を進み、神田明神前の坂を下りてゆく。

直吉郎と三造に両脇を固められたようにして歩く忠七は、みんなの沈黙を不気味に感じているのか、それとも我が身に後ろ暗いことがあるせいか、怯え顔になっていた。

「伝次郎、おめえさっきのあれはなんだよ」

藤吉がそばに寄ってきて、そんなことをいった。伝次郎は黙って歩く。

「おめえヤットウの心得があるんだろ。おめえは無腰だったんだぜ、それなのに驚くじゃねえか」

「おい、藤吉」

平次が強い低声（こごえ）で藤吉をにらんだ。

「もう我慢ならねえ。旦那を呼び捨てにするんじゃねえ、今度生意気な口を利きやがったら、おれが承知しねえ」

平次は腕をまくって藤吉を威嚇した。

「な、なんだよ、旦那ってのは……」

「この方はいまは船頭をやってらっしゃるが、その前は立派な……」

「平次、余計なことはいうな」

伝次郎が遮って首を振ったが、平次は聞かなかった。

「元は立派な町方の同心だったんだ。おめえに呼び捨てにされるような人じゃねえ。旦那が、黙ってろとおっしゃるんで、何もいわなかったが、そういうことだ」

「ほ、ほんとに……で、でも、なんで……船頭なんかに……」

藤吉は伝次郎と平次を、きょろきょろ見ながら目をまるくする。

「今度ゆっくり教えてやる。だが、旦那のことはめったなことで口にするんじゃねえ」

「藤吉、黙っていて悪かったが、まあ、おれのことはあんまり大っぴらにしねえでくれ。そうしてくれるか」

伝次郎がそういうと、藤吉はあらたまった顔つきになり、

「へ、へえ。すると、おれはずいぶんなことを……勘弁してください」

と、立ち止まって頭を下げた。

「何とも思っちゃいねえから、そう改まるな。かえって困るんだ」

伝次郎は苦笑いするしかなかった。

湯島一丁目の自身番に忠七を入れると、早速訊問にかかった。直吉郎が「伝次郎、おまえにまかせる」というので、伝次郎は忠七と向かいあって座った。

「なんの調べか、おまえには大方察しがついてるんじゃねえか」

忠七はそういう伝次郎を直視できないのか、両膝をつかんでいる手の甲あたりに視線を落としていた。

「ま、いい。おれがいまからいうことは、調べでわかったことと勝手な推量も入ってる。違っていたら、その都度意見してかまわねえ。まず、小宮山家で起きた件の日のことだ。おまえは朝餉をおたつと共にすませて、いつものように仕事にかかった。おたつは殿様の屋敷に行くといったかどうか知らないが、とにかく出かけていった。その後、おたつがどこで暇をつぶしていたかわからないが、夕方には殿様の家に行ってる。まあ、掃除や片付けなど屋敷内の仕事もしただろうが、殿様の酒の相手をしながら過ごしている。それから何刻頃まで殿様の相手をしていたかは不明だ。おまえはその間のことを、おたつから何か聞いているか？」

忠七はゆっくりかぶりを振った。すでに顔色が悪い。

「おれたちゃ、殿様の話を鵜呑みにし、当初は奥様と孫の鉄之輔様は、五つ以降、おそらく五つ半頃に殺されたもんだと思っていた。ところが、ほんとうは違っていた。その時分にはまだ二人とも生きていたんだ。そうじゃないか……」

伝次郎はじっと忠七を見る。

「あ、あっしにはその辺のことは……」

忠七は口籠もって首を捻った。

「ま、いい。問題はこれからだ。おたつは殿様の屋敷を出たあと牛込揚場町の木戸番に姿を見られ、九つ頃に小石川御門の番士に声をかけられている。おたつはそのまま自分の家のほうに歩き去った。ところが、それから小半刻ほどあとで、おたつは引き返して牛込揚場町の木戸門を通っている。そのときは男を連れていた」

忠七は地蔵のように身動きせず、ゴクッと生つばを呑んだ。

「それはおまえだったのじゃないか……」

「あっしは……」

「忠七、正直にいったほうが身のためだ。おまえは八つ（午前二時）過ぎに、油坂の木戸番に見られてんだ。おめえは最初におれに会ったとき、あの晩はずっと家にいたといったな。ところが、夜中に油坂の木戸口を抜けてやがった。え、それをどういい繕う」

それまで黙っていた直吉郎だった。鋭い切れ長の目が、いつになく厳しくなっている。

忠七は体を小刻みにふるわせた。もはや顔色をなくし、何かを躊躇っていた。伝次郎はその背中を押すように、話をつづけた。

「忠七、おまえはおたつにぞっこんだった。だが、おたつの心は、おまえだけにあったんじゃない。面倒を見てくれる殿様にも心は傾いていた。おまえはその殿様を恨むと同時に、おたつにも憎悪を感じるようになった。おまえはあの晩、おたつのことが心配でならず、家を出たが、その心の内にはおたつを殺そうという思いがあった。だから長屋を出るときには、人に気づかれないように、井戸の先にある、子供たちが使っている板の外れている板塀から抜けて軽子坂に向かった。すると、おまえは途中でおたつに会った。そこでどんな話をしたか知らないが、おたつといっしょに殿様の屋敷に行った。そうだな。おまえはそこで何を見た。何を知ったのだ？」

「あ、あっしは……」

「なんだ？　おまえは殿様を庇っているのか？　だが、その殿様は刺客を放って、おまえを殺そうとしたのだ」

「いいます。話します。あっしは、まさかあんなことになるとは思ってもいなかったんで……」

忠七はいまにも泣きそうな顔をしながら、ぶるっと体を大きくふるわせてから話しはじめた。

六

待てど暮らせど、おたつは帰ってこなかった。

忠七はひとり侘しく夕餉をとったが、その間も腰高障子に映る影や、路地に足音がするたびに顔をあげて耳をすました。

夜が更けても、おたつの帰ってくる気配はなかった。忠七は二日前に、おたつが殿様から引導をわたされたという告白を受けていた。

そのとき、これですっかりおたつは自分のものになると、心を高ぶらせた。しかし、おたつは、殿様はあんまりだ、いきなりそんなことといわれても、わたしは心の備えがないから辛いんです、と殿様に未練を残しているようなことをいった。

「そんなことといったって、殿様がお決めになったんだ。いい引き際だ。おまえもいい思いをさせてもらったんだから、潔くあきらめろ。おれって男がいるじゃねえか」

「そりゃあ、あんたがいるから心強いけど、殿様はあんまりよ」

「向こうには奥様もいらっしゃるんだ。そもそもおまえは通い女中だったんだ。それを見初(みそ)められて妾扱いしてもらったんだ。それに、おまえもいい年じゃねえか」

忠七はあきらめさせるのに必死だった。

それでもおたつは殿様に未練を残していた。

「今日は殿様に会って、話をしてきます。そしてそれを最後にしますから……」

おたつが浮かない顔でそういったのは、殿様から離別を申しわたされた二日後の朝だった。

「そうかい、それじゃ行って来な」

おたつがその日を最後にするというから、忠七は不承不承（ふしょうぶしょう）見送ったのだった。

だが、おたつはいっこうに帰ってくる気配がない。

忠七は夜具に横になってみたが、頭に浮かぶのは邪念ばかりだった。ひょっとすると殿様と縒（よ）りを戻したのじゃないか。いまごろ同じ褥（しとね）で仲良くやっているのではないか。

そんなことを思っていると、じっとしていられなくなった。もし、縒りを戻したりしていたら殺してやると思いさえした。

そのときのことを考えて、忠七は人に見つからないようにして長屋を出た。夜道を歩いていると、腹の中でくすぶっていた憎悪がだんだん高まってきた。それまでも、おたつを殺してやる、という感情にとらわれたことが何度かあったが、そのときは過去にないほど強い気持ちだった。

ところが、水道橋のそばまで行ったとき、ばったりおたつと出くわした。忠七はその顔を見て、心底安心し、殺したいという感情をあっさり忘れてしまった。

「あんまり遅いから心配になって迎えに来たんだ」

「ごめんなさいね。こんなに遅くなるとは思わなかったのよ。いろいろ込み入ったことになって、なかなか帰れなかったのよ」

「それで、きっぱり話をつけてきたんだろうな」

「それがねえ。わたし、ちょっと心配」

「何がだ……」

「奥様が普通じゃないの。今夜は何をされるかわからないわ。もしものことがあったら、殿様が奥様を……」

おたつはそこまでいって「ああ、怖い」と、両手で自分の胸を抱くようにしてふるえた。

「殿様が奥様をどうしたってんだ？」

忠七はそう聞いたが、すぐに言葉を足した。

「とにかくもう関わるのは終わりだ。おれだっておまえが殿様の妾でいるのは、金輪際許さねえ」

「わかったわ。わたしはあんたについていく。でも、今夜は不吉なことが起こりそうで、心の臓がドキドキと落ち着かないの。ねえ、ちょっと様子だけ見に戻ってみたいんだけど、ついてきてくれない。ほんとに不安なのよ。お願い」

忠七はそういわれると、惚れている弱みで断り切れない。しぶしぶと軽子坂の屋敷に向かうことにした。

「そこから先は、話すのも……。すみません、茶か水を飲ませてもらえませんか」

忠七は一度話を中断して、大きく息を吸って吐いた。

書役がすぐに茶を淹れて忠七に差しだした。

「それじゃおまえはおたつといっしょに殿様の屋敷に行ったんだな」

伝次郎は茶を飲む忠七に聞いた。

「行ったのはよいのですが、門をくぐって屋敷に入ったとたん、腰を抜かしそうに驚いたというか怖くなったというか、そこに血まみれになって倒れている奥様がいたんです。おたつはそれを見て、やっぱりこんなことになっていたと、ふるえ声でいいます」

「それからどうした？」

伝次郎は話の先を促す。書役が一心に筆を走らせ、口書を執っている。

「奥様の死体を見たので、そのまま逃げたかったんですが、おたつは家の中を見るといって玄関に行きました。するとそこに、血まみれになっている鉄之輔様を抱いた殿様がいたんです。殿様もふるえておられました。そして、妻がこの子を殺したと、涙ながらにいわれました。なぜそんなことになったのかと、おたつが訊ねると、こんな家はなくなったほうがいい、小宮山家が潰れても誰も悲しみはしない、わたしの気持ちをさんざん弄んできた報いだと、お松が狂ったように喚き散らして鋏で鉄之輔様を殺したといわれたんです」

「奥様が鉄之輔様を……」

伝次郎だけでなく、そこにいる全員が信じられないという顔をした。

忠七は話をつづけた。

「わたしはお松を許すことができなかった。だから、鉄之輔を殺した鋏を奪い取って、妻を殺してやった」

「ど、どうしてこんなことになったんです？」

おたつは茫然とした顔で、つぶやくようにいった。

「おまえとわたしの仲を、お松はずっと恨んでいた。それが今夜おまえが来て、縒りを戻そうという話をしていたのを、お松が聞いていたのだ。そのときは気持ちを抑えていたらしいが、おまえが屋敷を出たあとに逆上して、鉄之輔を……」

小宮山万次郎は涙を流して、もはや息をしていない鉄之輔を抱きしめた。

忠七はこんなところに来たのを後悔した。あまりにも凄惨すぎた。すぐにも逃げだそうと思い、おたつの袖を引いたときに、

「おまえたちに頼みがある」

と、万次郎が引き止めるようなことをいった。

「なんでしょう?」

おたつが一歩近づいて応じた。

「このままではまずい。盗人が入ってきて、妻と孫が殺されたことにする。その手伝いをしてくれ」

それから先は万次郎に指図されるままに動いた。

忠七はその間、一度も声を発しなかった。まず万次郎は血で濡れた着物を新しい

ものに着替え、奥座敷に移って、忠七にこれで縛れと縄をわたした。

忠七は黙ってうなずくと、きつく縛めていった。それまでの恨みもあり、力が入った。縛り終わると、

「おたつ、血にまみれたわたしの着物をどこかに捨てるか焼くかしてくれ。あれがあってはあとあと面倒だ。それからこのことは一切、おまえたちの知らなかったことにしろ。あとのことは、わたしがうまくやる」

万次郎はそういったあとで、念のために猿ぐつわを噛ませろと、忠七に命じた。

忠七はそうしてやった。

それから忠七とおたつは、逃げるように小宮山家を離れた。町屋を通るのを避け、武家地を辿り、江戸川に架かる立慶橋をわたったところで、忠七は足を止めた。

「どうしたの？」

血まみれの着物を抱くように持っているおたつが、怪訝そうに見てきた。

「さっきから可哀相だ、可哀相だとうるさいんだ。いったいおまえはおれのなんなんだ」

忠七は心底腹を立てていた。小宮山家を出てからおたつが、何度も殿様が可哀相

だといったからだった。

　忠七はほんとうに可哀相なのは、奥様と孫の鉄之輔様ではないかと思っていた。とくに鉄之輔にはなんの罪もないのだ。

　それなのにおたつは、生き残っている殿様に同情を寄せている。ひょっとすると、奥様のいなくなった後釜（あとがま）に自分が座り、正妻になろうという魂胆（こんたん）があるのかもしれないと思いさえした。そんなことを考えていると、腹立ちがだんだん強くなった。

「そんな着物、早くどっかに捨てちまえ、後生（ごしょう）大事に持っていやがって。まったく腹が立つ」

「あんた、どうしちまったのさ。だって可哀相じゃないか」

　忠七はキッとおたつをにらみつけると、抱え持っている着物を奪い取って、江戸川に放り投げた。

　血まみれの着物は暗い川面に浮かんでいたが、ゆっくり沈みながら離れていった。

　忠七のむしゃくしゃした気持ちは収まらなかった。ずっとおたつに虐（しいた）げられ、小馬鹿にされて生きてきたのだと思いさえした。

　それでも怒りを抑えたまま江戸川沿いの道を辿った。

「どうしちまったんだよ。あんた、どこへ行くんだよ」

いい年をしてるくせに、甘ったるい声でついてくるおたつが疎ましくなった。

「勘弁ならねえ。おれはずっといいように扱われていたんだ」

「なによ。何をいってるのさ」

滝のような水の落ちる音がしていた。どんど橋まで来たのだと、そのとき初めて気づいた。おたつが何かいって近づいてきたが、水音でよく聞こえなかった。

「おまえはおれをずっと虚仮にしてきやがったんだ。今夜もそうだった。明日もそれは同じだろう」

「なにいっているのさ」

忠七は近づいてこようとしたおたつを突き飛ばした。おたつはあっと、小さな悲鳴を発してよろけ、その拍子に草履が脱げてしまった。

暗闇の中でおたつがにらんだ。忠七はその目が気に入らなかった。もう一度強く突き飛ばした。すると、おたつは後ろによろけながら、忽然と姿を消した。

堰下の神田川に落ちたと気づいたのはすぐだった。

忠七はそのときになって初めて狼狽えたが、おたつは泳げないから溺れ死ぬと思った。それなら身投げに見せかければよいと考え、おたつの草履を拾って、神田川の岸辺の藪に揃えて置き、そのまま急いで家に帰った。

「ところがその帰りにおまえは見られちまったというわけだ。行きは注意していたのだろうが、帰りはうまくいかなかった。悪いことはできねえな」

直吉郎はすっかり観念している忠七を見ながら首を振ってつづけた。

「しかし、殿様は奥様と鉄之輔様を殺したのは、おたつだといった。もっとも、はっきりそうだとはいわなかったが、そりゃどういうことだ？」

「おたつが土左衛門で見つかったと知ったんで、そういったほうが無難だと考えられたんでしょう。じつはあの日、あっしは殿様に呼ばれまして、口裏を合わせるようにと相談を受けたんです。そうしないと、あっしの身も危なくなると。だからあっしは……」

「嘘をついたってわけか。まあ、おれがおまえに会ったときも、てめえでおたつを突き落としたとはいわなかったものな」

直吉郎は吸っていた煙管を、灰吹きに打ちつけた。

「それにしても、あの殿様、素早く機転を利かして動いたもんだ。だが、縛られている殿様を自由にしたのはおれなんだ。その前におまえは会ったわけじゃないだろ」

「へえ、そのあとです」

直吉郎は、あきれたねえといって、伝次郎に顔を向けた。

七

いつしか空を覆っていた低い雲が流され、薄日が射していた。

直吉郎は自身番の表に出ると、

「まあ、これで一段落だが、骨が折れたぜ」

と、首を振って後ろ手に縛られている忠七の肩をたたいた。

忠七は悄然（しょうぜん）とうなだれている。

「中村さん、まだ安心はできないんでは？　一度落着させた吟味物（刑事事件）を蒸し返すようなことになるんですから……」

伝次郎はそういうが、直吉郎は心配には及ばないという。

「たしかに蒸し返すことになるだろうが、真相がはっきりしたんだ。公儀目付を恐れることはない。それに、こういったときは、お奉行におまかせすることになってんだ。話のわかるお奉行でよかったよ。それにしても伝次郎、とんだ暇暮らしをさせちまったな」

「それは気にしないでください。おたつを見つけたという経緯があるんですから」

「そうはいうが、おまえがいて助かった」

直吉郎は近づいてくると、肩を抱くようにして自身番の外れまで連れて行き、

「取っておけ。おまえの手間賃だ」

前以て用意していた金包みを伝次郎にわたした。

「それじゃ遠慮なく」

断っても無駄だとわかっているので、伝次郎は素直に受け取った。

直吉郎はそのまま元の場所に戻ると、藤吉にもねぎらいの言葉をかけ、忠七を連れて再度の取り調べと身柄を留置する大番屋へ向かった。

縄尻を平次が持ち、三造がすぐ横についていた。悄然とうなだれて歩く忠七の前

を、直吉郎が悠然と歩いていた。

その四人が昌平橋に差しかかったとき、伝次郎のそばに藤吉が来て、

「伝次……いや、旦那。そうとは知らず、あっしは失礼なことをしちまいました」

と、殊勝に頭を下げた。

「おいおい、急にそんなことされると困るだろ。おれは町の船頭だ。これまでどおりでいいさ」

「そういわれても……」

藤吉はばつが悪そうに頭を掻く。

「親分、ひとつだけ頼みがある」

「なんでしょう？」

「おれのことはあまり人にいわないでくれ。そうしてもらいてェんだ」

「へえ、旦那、いえ伝次郎さんがそういうんなら、そうします。こう見えても口は堅いんです」

「そう願えればありがたい。それじゃ、おれは帰る。親分、またな」

伝次郎はそのまま昌平河岸に向かった。岸辺に立つと、小袖の裾を尻っ端折りし、

襷をかけた。舫をほどき、棹を持ち、空を見あげると、きれいな夕焼け雲が浮かんでいた。

山城橋の袂に舟をつけたとき、六間堀を照らしていた光がすうっと翳り、暗くなった。日が沈んだのだとわかった。

伝次郎は襷をほどき、からげた着物の裾を戻して、河岸道にあがった。すぐそばにある商番屋がポッとあかるくなった。番人が行灯に火を入れたのだ。

日は落ちたが、すっかり暗くなったわけではなかった。

長屋の路地に入ると、ほうぼうの家から炊煙が漏れていた。井戸端に置いた七輪で魚を焼いている子供がいれば、豆腐屋が木戸口にやって来て、

「え、とうーふぃ、とーふぃ、ご用はありませんか」

と、声を張った。

伝次郎は自分の家に入ったが、竜太郎の姿はなかった。

今日は茂平次を探しに行くといっていたので、遅くなるのかもしれない。暮れると冷えてくるので、伝次郎は竈と火鉢の炭に火を入れた。

それから、慣れた手付きで米を研ぎ、竈に釜をかけて飯を炊きにかかった。

煙管を吹かしながら竜太郎のことを考えた。

もし、茂平次を見つけても下手な手出しはならぬといい聞かせてはいるが、竜太郎はまだ若いので、先走るかもしれない。

そのことは気がかりだが、竜太郎がいまどこにいるかわからないので、待っているしかない。

竈にくべている薪を何度か調整して、飯を炊きあげ、飯櫃に移し換えたとき、慌ただしく路地を駆けてくる足音がした。

伝次郎が戸口を見るのと、その戸が開くのはほぼ同時だった。

「はァ、よかった」

竜太郎だった。よほど急いで帰ってきたらしく、一度言葉を切り、呼吸を整えるために息継ぎをした。

「どうした」

「茂平次を見つけました」

竜太郎は手の甲で額の汗をぬぐって、きらきらする目を向けてきた。

「ほんとか?」

「まだやつを見たわけではありませんが、この近くの賭場にいるんです」

伝次郎は立ちあがると、奥に行って差料をつかんだ。

「竜太郎、案内するんだ」

第六章　油堀

一

そこは三ツ目之橋から北へ延びる通りを、二町ほど行った辻を左へ折れたすぐの屋敷だった。はす向かいに明地があり、竜太郎はそこで見張っていたという。

すでに夜の帳は下りている。あたりは武家地なのでひっそりしているし、家々は闇の中に沈んでいる。

「入ったのを見たのだな」

伝次郎は固く門を閉ざしている旗本屋敷を見ながらいう。門は冠木門で、屋敷は練塀で囲まれている。門の脇に潜り戸がある。

今夜賭場の設けられている屋敷である。竜太郎は客のひとりに声をかけて、茂平次のことを訊ねたという。

「茂平次……？」

屋敷門の外れで立ち止まった賭場の客は、訝（いぶか）しそうに竜太郎を眺めた。

「わたしの叔父さんです。家で大変なことが起きたので、急いで呼んでくるように頼まれたんです」

「名前だけじゃわからねえな。どんな年恰好なんだい？」

「年は四十少し前です。小太りで色が黒くて、ギョロッとした目をしてます」

相手は少し視線を泳がせてから、

「ああ、それならあの男だろう。うんうん、あの男に違ェねえ。熱心に遊んでいるよ」

竜太郎はキラッと目を輝かせた。

「しかし、おまえさんは侍の子だろう。あの男は遊び人風情（ふぜい）だったが……」

「叔父さんは賭場に来るときは、いつもそんななりをしているんです」

「そうかい、何があったのか知らないが、ご苦労だね」

竜太郎は男が先の角を曲がるのを見ると、急いで伝次郎の家に駆け戻った。

「賭場がお開きになるのを待つか、それとも……」

伝次郎ははす向かいの旗本屋敷を眺めながらつぶやく。

「それともなんでしょう？」

「うむ」

伝次郎は客をよそおって、賭場に入ろうかと考えたのだった。しかし、賭場を仕切っている男が、伝次郎を知っていたら、あまりよい結果にはならない。

賭場の元締めのほとんどは博徒だ。そして、常に町奉行所の動きに神経を配っている博徒は、取締りをする与力や同心の顔を知っているものが多い。

伝次郎はそんな博徒らに警戒されていた同心のひとりだった。下手な芝居は通用しないかもしれない。

もし、現役の同心なら、ぶらっと賭場の入り口あたりまで行って、代貸あたりを呼びつけることはできるが、いまの伝次郎にそんな権力はない。

「やはり、様子を見るしかないか……」

ぽつりとつぶやく伝次郎に、そうですか、と竜太郎が応じた。

「今日は他のところもあたりをつけてきたのだろう」

「はい、いくつか見当をつけた場所がありました。何となく、賭場の開かれる場所がわかった気がします」

「…………」

「江戸に来てから、そんなところばかりに足を運んでいるので、その臭いを感じられるようになったんでしょう。それに、その賭場の近くをうろつく男たちのこともすぐにわかります。目つきが違うし、なんだか気を張ってるんです。客のほうはさまざまですけど、金持ちに見える人はほとんどいません。それに負けて帰る客は、揃ったようにため息をつき、肩を落として歩きます」

「もういくつまわった？」

「十二の賭場をまわりました」

伝次郎は感心するしかない。これといった手掛かりのない、あてのない探索なのだ。それも敵を討ちたい、という執念があるからできることなのだろう。

「伝次郎さんの助仕事はどうなりましたか？」

竜太郎ははす向かいの旗本屋敷に目を向けながら聞いてくる。出入りする客の姿はない。

「それについて、礼をいわなければならぬ。昨夜、おまえと千草に話をして、考えを聞いたのがよかった。とくにおまえの勘は鋭かった」

竜太郎を相手にするときは、なぜかわからないが、伝次郎は自然に武士言葉になる。

「と、おっしゃいますと……」

「奥様と鉄之輔様は九つ過ぎまで生きていたのではないか、とおまえがいっただろう。そのことにわたしも他の者たちも、まったく気づかなかったのだ。殿様の言葉をそっくり信じ込んでいたからな」

「すると、ほんとうに二人は九つ過ぎまで生きていたんですね」

「生きていたというより、九つ前後に凶行があったのだ」

伝次郎はそういってから、事件の真相がどのような経緯でわかったかを話してやった。その間も、二人の目ははす向かいの旗本屋敷に向けられたままだった。

「それじゃ、殿様が奥様を……そして、おたつは忠七によって……むごい話です。鉄之輔様にはなんの罪もないのに……」

竜太郎はむごい話ですといって首を振る。

「罪悪というのは、人間の持つ欲から生じるものだ。おまえの父上の死も、茂平次の持つ醜い欲が災いをもたらしたのだ」

「おっしゃるとおりだと思います」

竜太郎はきりりっと口を引き結んだ。暗がりに身をひそめてはいるが、若い竜太郎の顔はあわい月あかりを受けていた。

「寒くなってきたな」

伝次郎は襟をかき合わせて、小さく身ぶるいした。

「真冬でなくてさいわいです」

「そうだな」

東にあった月が南天に移り、さらに西にまわり込んでいった。町屋なら商家の軒先などを借りて、寒さをしのぐことができるが、明地ではそうもいかない。

二人は寒さと戦いながら見張りをつづけた。

五つ（午後八時）を過ぎると、賭場になっている屋敷から人がぽつぽつ出てきた。二人は表に人があらわれるたびに、目を凝らし息を止めた。だが、茂平次らしき男の姿はなかった。

「どうだ？」

伝次郎は痺れを切らしたように竜太郎を見る。

「まだ、あらわれません」

竜太郎は潜り戸から出てくる客たちから目を離さずにいう。

それからさらに半刻たったが、茂平次はあらわれなかった。

二

ばさりばさりと、竜太郎は半紙をめくる。

昨日、伝次郎が直吉郎からもらった賭場の書付である。その書付を見ながら竜太郎はため息をつき、障子越しのあわい光を照り返す顔を、伝次郎に向けた。

「こんなにあるのですか……」

「それがすべてではない。御番所の目を逃れて開かれる賭場もある。また、それに書いてあっても、もう賭場に使われていないところもあるはずだ」

竜太郎は膝許の書付に視線を落としてため息をついた。

昨夜、二人は賭場を見張ったが、結局、茂平次はあらわれなかった。じつは、そんな男はいなかったのである。

伝次郎は賭場がお開きになった時分を見計らい、何度も表と屋敷内を行き来していた三下を捕まえて、茂平次のことを直截に訊ねた。ところが、竜太郎が聞いた男とは違うことを口にした。

「そんな客はいないな」

伝次郎は人相書を見せもしたが、

「いや、この男は知らない」

と、三下は自信のある顔で断言し、こいつは何をやらかしたのだと聞き返してきた。人殺しだと答えると、三下はそのまま絶句した。

「そこに書かれている賭場をひとつひとつあたっていくのは骨が折れる。それに、場所を移している賭場もあるはずだ」

「賭場を仕切っている博徒に、力を貸してもらうことはできないでしょうか。ずっと、そのことを考えていたのですが……」

「人によるだろうが、あてにしないほうがいい。やつらは堅気には用心深い。それに力を貸してくれたとしても、法外な見返りを求められるのが落ちだ」

「それじゃ地道にあたっていくしかありませんか。わたしはそれでもいいです。足を棒にしてでも訪ね歩きます」

竜太郎はすっと背筋を伸ばしていう。

「まあ、待て。江戸に戻って来た茂平次には必ず知りあいがいる。どんなに付き合いの悪い人間でも、少なからず親しくしているものがいるはずだ」

「それは藩の目付にも探していただきましたが、これといった人間は浮かんできませんでした」

竜太郎も一応手は尽くしているようだ。

「茂平次が住んでいた長屋は知っているか？」

「藩に仕えていた頃住んでいた家は、聞いたことがあります。目付も調べたそうですが、茂平次の足取りをつかむことはできませんでした」

「ふむ、藩の目付はどこまで調べたのだろうか……。ま、よい。その辺のことを調べてくれている男がいる。今日はその男に会おう」

「どんな人です？」

「音松という油屋の主だ。昔はわたしの手先としてはたらいていた男だ」

伝次郎は差料を引き寄せた。

「きっと力になってくれるはずだ。まいろう」

竜太郎は「はいッ」と、目を輝かせて立ちあがった。

山城橋から舟を出すと、竜太郎は、舟っていいなあ、といった。

艫に立ち、棹を操る伝次郎はゆっくり舟を進めた。まだ、朝の早い時刻だった。

うっすらと立ち昇る川霧が、雲間からのびてくる朝日に浮かびあがる。

黄葉した銀杏の葉が、旗本屋敷の塀越しに舞い落ちてくる。赤い楓の落ち葉が、河岸道を覆っているところもあった。

「舟から見る景色が、こんなふうだったとは思いもしませんでした」

小名木川に出たところで、竜太郎が顔を振り向けていった。その顔にようやく明るい朝日があたった。

「陸地より低いところから見るからだ。そして、水の上である。屋根の上や山に登ってみる景色とは、また別の見え方がする」

「そうですね」

竜太郎は顔を右に向けたり、左に向けたりしている。

小名木川は穏やかに流れているが、万年橋をくぐり抜けて大川に出るとそうはいかない。満々と水を湛えた川は、うねりながら流れている。これに白波が立つようになれば、舟の行き来は控えなければならない。

さっきと違い、舟が上下に揺れるようになったので、竜太郎は舷側をつかんでいた。

「今朝はいつもより、波が荒い。気をつけろ」

伝次郎は棹をさばきながら注意をした。

うねる川面は青々としているが、朝日を照り返してまぶしく輝いているところもある。目線の角度で光をはじく場所が変わるのだ。

伝次郎は中之橋のそばに舟をつけると、先に竜太郎を降ろしてから河岸道にあがった。河岸道には蔵が建ち並んでいて、早くも立ちはたらいている人夫らの姿があった。

音松の店に足を向けると、その戸口から音松が偶然あらわれた。両手を大きくあげて背伸びしようとしたが、伝次郎に気づいて、

「これは旦那、ずいぶん早いじゃありませんか」

と、声をかけてきた。

「あっちが片づいたんだ」

「そりゃあようございました。あとで話を聞かせてください。それよりこれから旦那を訪ねようと思っていた矢先なんです。ひょっとしてそちらが……」

音松は竜太郎を見て言葉を切った。

「そうだ。竜太郎、おまえのことはもう話をしてある。これが音松だ」

「初めまして、わたしも音松さんのことはすでに伺っております。なにとぞよろしくお願いいたします」

竜太郎が丁寧に頭を下げたので、音松も慌てて頭を下げた。

「それで、旦那、そして竜太郎さん。あ、竜太郎さんでよろしゅうございますか？」

「かまわぬ」

「ではそう呼ばせていただきやす。茂平次が頼っているらしい男のことがわかりました」

「なに、ほんとうか？」

竜太郎は一歩足を踏み出した。

「へえ、それをこれから伝えに行こうと思っていたところだったんです」

三

音松が調べた男は、良次（りょうじ）という渡り中間だった。

いっとき、良次は茂平次と同じ長屋に同居していたこともあるという。江戸に戻って来た茂平次が良次を頼るのは、おおいに考えられることだった。

「昨日も良次の家を見張っていたんですが、なかなか帰ってこないんです。ひょっとしたら奉公先で不寝番してるんじゃないかと思いましてね」

　それで、見張りをやめて帰ってきた、と音吉はいった。

「奉公先というのは？」

「向柳原にある本田九五郎という殿様の家です。殿様はなんでも勘定組頭をやっておられるとか……」

「出世組の旗本か……」

　伝次郎はさばいている棹を、右舷から左舷に移し換えた。

　大川から浜町堀に入ったところだった。良次という渡り中間の住まいは、住吉町にあった。伝次郎は浜町堀を北へ上り、入江橋をくぐった先にある竈河岸に舟を止めた。

「こういう人の探し方があるんですね」

　舟を降りた竜太郎が感心顔でいう。

「いろんな調べ方があるんです。そのことは旦那がよくご存じですよ」

　音松が笑みを浮かべて竜太郎にいう。ふくよかな丸顔だから、笑うとさらに柔和になる。竜太郎はそんな音松を気に入ったようだ。

「あの長屋です」

案内をする音松が立ち止まって、一方の長屋の木戸口を示した。帰っているかどうかわからないと付け足す。

「とにかく訪ねてみよう」

伝次郎が先に立って、長屋の路地に入った。後ろからついてくる音松が、右側の三軒目がそうだと教える。

腰高障子は閉まっていた。その障子に、良次という名が書かれている。渡り中間だからか、職業名は書いてなかった。

「頼もう」

伝次郎が声をかけると、へえ、とか細い声が返ってきた。どちらさんで、と言葉が足される。

「沢村伝次郎と申す。人探しをしているのだが、訊ねたいことがある」

戸がすぐに開かれた。人のよさそうな小柄な男があらわれ、伝次郎とその後ろに立っている音松と竜太郎を見て、びっくりした顔になった。

「いったいどんなご用で……」

「おぬし、茂平次という男を知っているな」

とたん良次の顔がこわばった。

「知ってますが……やつが何か……」

良次はみんなを眺めて、狭いですが家の中にと促す。言葉に従い三人は狭い三和土に入った。伝次郎は上がり口に座って問いを重ねた。

「茂平次の居所を知らないか？　おまえがやつと同じ中間仕事をしていて、いっときは同居していたというのもわかっている」

「町方の旦那で……」

良次はおそるおそる訊ねるが、伝次郎はその問いには答えずに、問いを重ねた。町方と思わせておくほうがこの際は得である。

「やつがしばらく江戸を離れていたのは、おまえも知っているはずだ。なぜ離れていたかも。そしてやつは江戸に戻って来た。おまえとは気心の知れた仲だ。おそらく頼ってきたはずだ」

「……一度、訪ねてきました」

良次は臆病そうな目をして答えた。

「いまはどこにいる？」

「それは知りません。金を都合してくれといわれたんで、二分ばかり貸してやっただけです。どうせ返してもらえないのはわかっていますが……」

「やつの行き先にあてはないか？」

良次は首を振る。

「それじゃ、やつが頼りそうな人間を知らないか？」

「あっしはあの人の付き合いをあまり知らないんです。それに、あの人がいなくなったんでせいせいしていたんですが……」

「やつが嫌いなのか？」

伝次郎は良次を凝視する。

「質のいい人じゃないんです。逆らうと怒鳴ったり殴ったりするような人ですから……」

「だけど、おまえはいっしょに住んでいたことがあるんだ。やつの知りあいの、ひとりか二人ぐらいは知ってるだろう」

「そりゃ二、三人は知ってますが、どこで何をしているかまではわからないんです。あんまり、ああいう人たちには近づきになりたくないんで……」

「やくざなのか？」

「それっぽい人たちです。ただ、両国あたりで与太(よた)っていると聞いたことはありません」

伝次郎は音松を見て、良次に顔を戻した。

「立ち入ったことを聞くが、昨夜はどこに行ってた？」

「奉公先に。泊まりの番だったんです」

「本田の殿様のお屋敷にってことか……」

良次は「へえ」と、頭を下げた。

伝次郎はそのまま長屋を出ると、

「音松、茂平次を探す手掛かりはやつだけか？」

と聞いた。

「いまのところはそうです」

「他にあては？」

「今日は茂平次が住んでいた長屋の近所に、聞き込みをかけようと思ってます」

「それじゃそっちを頼む。おれと竜太郎は、良次を見張ってみる。やつは何か隠しているような気がしてならねえ。そんな目つきだった」

人間は嘘をつくとき、必ずといっていいほど目に落ち着きをなくす。

「それじゃどこで落ちあいます？」

「余裕を見て夕七つ（午後四時）に、おまえの店の近くにある茶店でどうだ」

「承知しました」

音松が去っていくと、伝次郎と竜太郎は良次の長屋を見張れる場所を探しはじめた。

四

伝次郎と竜太郎は、竈河岸の茶店に腰を据えた。葦簀越しに良次の長屋の木戸口を見張ることができる。

「さっきの男、動きますかね？」

竜太郎が茶に口をつけていう。

「それはわからぬ」

「わからないというのは、ほんとに茂平次の居所を知らないということでしょうか。だったら、この見張りは無駄になりますね」

「無駄を無駄と思わぬことだ。探索のほとんどは無駄だ。同心の頃はその繰り返しだった。だが、いずれその無駄が実を結ぶことになる」

「辛抱がいりますね」

「うむ。本懐を果たしたら、国許に帰るのだろうが、そのあとはどうするのだ？」

「父上の跡を継いで藩に仕官することになっています」

「それは心強いな」

「殿様はものわかりのよいお方です」

竜太郎がいずれ仕える宮津藩の藩主・松平伯耆守は、老中職にある。おそらく懐の深い人物なのだろう。

「伝次郎さんは、ずっと独り身を通されるのですか？」

唐突な問いに、伝次郎は少し考えるように遠くを見た。

見事な秋晴れの空が広がっていた。

「そうだな、いずれいっしょに暮らす相手ができるかもしれぬ」

伝次郎は千草の顔を脳裏に浮かべて答えた。

「千草の女将さんは、どうなんでしょう。とても伝次郎さんに似合う気がします」

伝次郎はなんだか見透かされた気がして、ドキッとした。

「でも、女将さんにはきっと旦那さんがいるんでしょうね」

竜太郎はそうも付け足す。

それから、竜太郎は郷里のことや仲のいい友達のことを話した。竜太郎はみんなに可愛がられる得な性格のようだ。友達も多く、親戚も親身に心配してくれているらしい。

「こうやって伝次郎さんといっしょにいると、なぜか安心します。それによくわかりませんが、楽しい気分になります」

竜太郎はおしゃべりだった。

「さようか……」

「はい。きっと伝次郎さんが頼もしいからでしょう」

竜太郎は嬉しそうに微笑む。

長屋の女房たちが買い物に出かけたり、行商人が長屋に入ってきたりしたが、良次に動きはなかった。

昨夜は奉公先の屋敷で不寝番をしたといっていたから、今日は休みか午後から出仕するのかもしれない。

しかし、良次は予想よりも早く長屋から出てきた。見張りをはじめて一刻（二時間）もたっていなかったか。

「尾ける」

伝次郎は葦簀の陰で、良次をやり過ごしてから竜太郎を促した。

良次は大門（だいもん）通りを北へ向かい、小伝馬町（こてんまちょう）の辻で右へ曲がった。途中で煙草屋に立ち寄ると、馬喰町（ばくろちょう）三丁目の手前を左へ曲がり、神田川に架かる新シ橋をわたった。

「奉公先の屋敷に行くのかもしれぬ」

尾行する伝次郎はそんな気がした。良次の奉公している本田九五郎の屋敷は、向柳原だ。良次の足はそっちに向かっていた。

神田餌鳥屋敷を過ぎると、医学館や大名屋敷、そして旗本屋敷となる。俗に向柳原と呼ぶ土地だ。

町屋と違って尾行には神経を使う。伝次郎は竜太郎をうまく誘導しながら、屋敷の門の陰や、塀際に身を隠すようにして良次を尾けた。

「やはり、勤めであったか」

伝次郎は良次が一軒の屋敷前に立ったのを見てつぶやいた。

「尾行はここまでですか……」

竜太郎が残念そうにいったとき、良次は表門脇の潜り戸から屋敷内に消えた。しかし、その門がすぐに開き、別の男が顔を突きだした。

良次と同じ中間のようだ。伝次郎と一瞬目があったが、男はすぐに顔を引っ込め扉を閉めた。

(なんだ……)

伝次郎は不審に思った。

「竜太郎、あの屋敷門を見張っておけ。良次が出てきたらあとを尾けて、行き先を突き止めるんだ。おれは裏にまわる。もし、おれが帰ってこなかったら、夕七つに音松の店の近くにある茶店で待っておれ」

「どうしたんです？」

「良次は勤めに来たのではないかもしれぬ」

伝次郎はそのまま急ぎ足で、本田九五郎の屋敷の裏門にまわった。


良次は不寝番明けでその日は休みをもらっていたが、見知らぬ男が茂平次のことで訪ねてきたのが気にかかって仕方なかった。

――良次、おれを探しに来るやつがいる。もし、そんなやつが来たら、真っ先におれに知らせるんだ。大方、十五、六の若いガキだろうが、ひょっとすると大人を助に連れているかもしれねえ。知らせてくれたら、ちゃんと礼はする。忘れるんじゃねえぜ。

それは半月ほど前のことだった。

しばらく行方がわからなくなっていた茂平次が突然目の前にあらわれて、そんなことをいったのだ。

そして、ほんとうに茂平次を探している男がやって来た。

そのまま知らんぷりもできたが、三人の男たちが立ち去るとだんだん気になってきた。茂平次のことを聞いたのは、町方風情だったが、実際はどうかわからない。その後ろにいた小太りは、小者風情だった。そしてもうひとりは若かった。茂平次は十五、六のガキが探しに来るといっていたが、あの若い男がそうだろうと思った。

(やっぱり、知らせよう)

迷った末に良次は決心して長屋を出た。知らせるだけで、茂平次は礼をするといっていた。好きになれない男だが、思いがけず気っ風のよいときがある。手許不如意ゆえに、茂平次の謝礼がほしかった。

ところが、長屋を出てしばらくしたところで、尾けられていることに気づいた。臆病な良次は、そういったことに敏感だった。

それで、一度奉公先の屋敷に入って、尾行の裏を掻くことにしたのだった。表門を入り、仲間の中間に表におれを尾けてきた変な侍がいるんだ、ちょいと見てくれないかと頼むと、親子みたいな侍がいるぞといわれた。

良次にはぴんと来たので、そのまま母屋をまわり込んで裏門から出たのだった。

五

仙蔵の長屋に居候している茂平次は、昨夜、いい稼ぎをした。ちょいと遊びに行った賭場だったが、めずらしいほどツキがあった。

そんな場合一気に稼ぐことができるが、初めて行った賭場で目立つ稼ぎをすると、貸元ににらまれたり、不審がられたりする。ときには脅されて、二度と出入りできなくなることさえある。

その辺はちゃんと心得ている茂平次だから、ほどほどのところで切りあげた。それでも懐は十分に潤った。

帰ってきて世話になっている仙蔵に、約束の残り金の十両をわたすと、とたんに機嫌よくなり、

――おめえの頼みはちゃんとやるから、心配するな。

と、頼もしいことまでいう始末だった。

その日、茂平次はゆっくり起きて、飯屋で朝餉をすませて長屋に戻ってきて、ゴ

ロゴロしていた。

腰高障子が遠慮するように小さくたたかれたのは、ちょうど茂平次が睡魔に襲われたときだった。

横になってうたた寝していた茂平次は、カッと目を開けると、ゆっくり半身を起こし「誰だ？」と用心深い声で応じた。

「良次です。よかった。いたんですね」

茂平次は「なんだ」と心中でつぶやき、ふっと肩の力を抜いた。追われているという強迫観念があるので、些細（ささい）なことに神経質になっていた。

「入れ」

良次が恐る恐る入ってきて、あんたを探している男が来ましたといった。

「なんだと」

茂平次は眉を吊りあげて、それはいつのことだ、と聞いた

「ついさっきです。三人連れで、ひとりは町方のようで、もうひとりはその手先に見えました。そして、十五、六の若い男がいたんです。ひょっとすると、あんたが気にしていた男じゃないかと思ったんで知らせに来たんです」

「町方のような男と手先がいただと……」

茂平次は良次ににじり寄って、どういうことだろうかと思った。

「そう見えただけで町方じゃないかもしれませんが、刀を差してました」

「町方に見えた男がいたってことだな」

「へえ」

「そいつらはいまどこにいるんだ？」

「それがあっしを尾けてきましてね。それで殿様のお屋敷に一度行って、うまくまいてきたんです」

「三人に尾けられたってェのかい」

「いえ、町方みたいな男と、子供です」

「まさか、ここまで尾けられたってことはねえだろうな」

「そりゃないです。殿様の家からここに来るときも、わざとややこしい道を選んできたんで、万にひとつも尾けられるようなことはしてませんよ」

「ま、おめえの用心深さは天下一品だからな。するってェと、その町方みてえな野郎とガキは、殿様の屋敷前にいるってことか……」

「帰っていなければ、いるはずです」

茂平次は考えた。

探す手間は省けたが、竜太郎に二人の助っ人がいるのが気に入らない。それでも、この機を逃すことはない。

「良次、また何かあったらすぐ知らせてくれ。だが、尾けられるようなヘマはするんじゃねえぜ。それから、おめえは二、三日自分の長屋に帰るんじゃねえ」

「え、それじゃどこに行きゃいいんです？」

「殿様の屋敷か、友達の家に転がり込んでいろ。これは少ねえが取っておけ」

茂平次が小粒（一分）を八枚ほどわたすと、とたんに良次の頬がゆるんだ。

「わかりました。それじゃ三日ばかし家を空けることにしやす」

「頼んだぜ」

良次が家を出て行くと、茂平次もすぐに長屋を出た。仙蔵を探さなければならない。

仙蔵は両国広小路をぶらついてくるといって、長屋を出ていた。大方、矢場(やば)の女でもからかっているはずだ。

両国広小路はいつもの賑わいだった。呼び込みの声、大道芸人たちの口上、あるいは講釈師らの声で雑多なら、集まってくる人々も、侍に浮浪児に僧侶にお上りさんに相撲取りなどと雑多である。矢場から太鼓の音が聞こえ、女たちの嬌声(きょうせい)が重なる。

茂平次が予測したとおり、仙蔵は芝居小屋の隣にある矢場の女を相手に茶を濁していた。

「なに、あらわれただと」

茂平次が耳打ちするようにいうと、仙蔵はごつい顔を振り向けてきた。

「まだ、本田の殿様の屋敷前で見張ってるかもしれねえ。行って、たしかめようじゃねえか」

「そういうことなら、こんなところで油売ってる場合じゃねえな」

仙蔵は相手をしていた女に、「あばよ、また来る」といって茂平次のあとに従った。

二人はそのまま向柳原にある本田九五郎の屋敷へ向かった。

「町方風情の男がいるだと……」

歩きながら仙蔵が眉を動かしながらいう。

「良次は町方に見えたといったが、そんなことはねえはずだ。ひょっとすると、親戚の人間かもしれねえ」

「てことは侍に変わりはねえってことか」

茂平次は仙蔵を見た。

「まさか、大人の侍がついてるからって尻込みしてるんじゃねえだろうな」

「おい見くびるんじゃねえ。印旛沼の仙蔵っていやァ、ちょいとは知れた男。相手が侍だからってびくつくおれじゃねえよ」

「何しろ、おめえだけが頼りなんだからな」

「わかってるよ」

二人は医学館の角を曲がろうとしたところで足を止め、すぐに塀の陰に身を隠した。

「あれが竜太郎って小僧だ」

茂平次は顎をしゃくって仙蔵に教えた。

仙蔵はそうっと塀の陰から竜太郎を窺(うかが)い見る。

竜太郎は本田九五郎の屋敷から一軒はす向かいの、屋敷門の陰に立っていた。見張りをしているようだが、ひとりである。

「おい、やつァひとりだ。さっさと片づけちまおう。ここは人通りが少ねえから、どうってことねえだろう。斬り捨てて逃げりゃ終わりだ」

仙蔵はそういいながらも鯉口を切っていた。

「よし、やってくれ。うまくいったらもう五両奮発してやる」

「いまの言葉忘れるんじゃねえぜ」

仙蔵はそのまま本田九五郎の屋敷のある通りに出ようとしたが、すぐ体を引っ込めた。

「どうした?」

「連れの侍が来やがった」

茂平次がそっとそっちを窺い見ると、竜太郎がひとりの侍と何やら話していた。

六

「それじゃ、どうします？」

伝次郎が良次を見失ったことを話すと、竜太郎は少しがっかりした顔になった。

「良次はおれたちの尾行に気づいたんだろうが、ひょっとするとすでにおまえのことを知っていたのかもしれぬ」

「わたしのことをですか……」

「茂平次とつながっていれば、当然のことだろう。顔まで知らなくても、話を聞いていれば、すぐに感づいたはずだ」

「すると、良次は茂平次の居所を知っているってことですね」

「そうだ。もう一度良次の長屋に行こう」

そのまま二人は良次の長屋に引き返して、再び見張りをはじめたが、さて、伝次郎が良次を見失ってから、家に帰ってきたかどうかは不明だ。

良次は本田九五郎の屋敷に入ると、そのまま屋敷裏門から抜け、伝次郎たちの尾行をまくという行動に出た。伝次郎は目ざとく気づいたが、本田屋敷を出た良次は柳橋にまわり、それから両国広小路の雑踏に紛れた。

伝次郎は見失わないように尾けたが、広小路の人混みに邪魔をされ、わからなくなった。

（いまごろ、良次は茂平次に会っているはずだ）

伝次郎はそう推量した。

だが、良次は茂平次に会ったあとで、家に帰ってくるだろうか？　そのことは疑問だった。話しぶりからすると、良次は茂平次にいいように使われている節がある。ひょっとすると、茂平次は良次の口を塞（ふさ）ぐかもしれない。そんなことはあってはならないが、竜太郎の父親を殺した男である。

伝次郎は良次の長屋の木戸口に目を注ぎながら、考えをめぐらしつづけた。

（問題は、茂平次がどう動くかだ）

竜太郎がそばまで来ているのを知り、逃げる可能性もある。また、それとは逆に竜太郎から逃げるのをやめ、返り討ちを考えているなら……。

そこまで考えた伝次郎は、ひくっとこめかみの皮膚を動かした。

「竜太郎、良次の家を見てくる」

伝次郎は見張り場にしていた茶店の床几から腰をあげた。

「どうしたんです。じかに会わないほうがいいのでは……」

竜太郎は訝しげな顔を向けてきたが、伝次郎は考えたことがあるといって、そのまま良次の長屋に入った。案の定、良次は留守のままだった。

伝次郎は竜太郎の元に戻ると、

「もう一度さっきの殿様の屋敷に戻る」

といった。

「なぜです？」

伝次郎は歩きながら話すといって竜太郎を促した。

「おれたちの尾行に気づいた良次は、おそらく茂平次に会っているはずだ。そして、追っ手を知った茂平次が逃げてしまえばそれまでだが、そうでなかったらどうするだろうか？」

「………」

「おまえを返り討ちにしようと目論んでいるかもしれぬ。やつはやっと江戸に戻って来た。それにはそれ相応の覚悟があったはずだ。いまさらこそこそ逃げるようなことはしないだろう。すると、良次から知らせを受けた茂平次は、竜太郎を逆に探しにかかっているかもしれぬ」

「やつが、わたしを……」

竜太郎は凝然と目をみはった。

「もし、そうならおまえのことをたしかめに、本田九五郎様の屋敷に向かったと考えるのが筋だ。しかし、やつはおまえを見つけることはできない。できないが、まだあの屋敷のそばをうろついているかもしれぬ」

「ひとりでそんなことをするでしょうか。良次はわたしが伝次郎さんといっしょにいることを知っているんです」

「助っ人を頼んでいるかもしれぬ」

竜太郎の顔が引き締まった。

伝次郎と向柳原の近くまで来ると、竜太郎を先に歩かせた。

囮(おとり)にする恰好である。伝次郎はある程度の距離を置き、周囲に警戒の目を配りながら竜太郎の後ろを歩いたが、近づいてくるものもいなければ、また不審な動きをする人間も見あたらなかった。

念のためもう一度、良次の長屋近くに戻って、音松と待ち合わせの刻限近くまで見張りをしたが、良次は戻ってこなかった。しかし、伝次郎と竜太郎は、逆をつかれていることに、まったく気づかなかったのである。

日は大きく西にまわり込み、早くも傾きはじめていた。それでもまだ日の光は強く、雲を染めるほどの低さにはなっていなかった。

約束の茶店に行くと、すでに音松が待っていて、茶汲み女をからかっていた。だが、伝次郎に気づくと、小太りの体には似合わぬ身軽さでそばにやってきた。

「旦那、今日の聞き調べは無駄にはなりませんでした」

音松は伝次郎と竜太郎を交互に見ながらつづけた。

「茂平次の家にちょくちょく遊びに来ていた男のことがわかったんです。なんでも同じ在らしく、元は郷士の出で一本差しだといいます」

「そやつと茂平次は相当の仲なのだな」

「やつがいた長屋の近くに居酒屋があるんですが、よく二人で通ってきたといいます。ま、ここ一年ばかりは顔を見ていないといいますが、茂平次が唯一気を許せる男のようです。姓はわかりませんが、仙蔵という名らしいです」

「仙蔵……。そやつの住まいはどこなのだ？」

「そこまでは調べがつきませんで……。でも、明日には割り出せるはずです」

「あてがあるんだな」

「仙蔵を知っている男がいるんです。今日は会えませんでしたが、明日には戻ってくるといいます。与兵衛という薬の行商人なんですが、仙蔵に剣術を教わっていたといいます」

「仙蔵は剣術指南ができるのか……」

　伝次郎はそう応じてから、自分たちが良次を尾行して、失敗したことを話し、茂平次は江戸から逃げずに留まっているはずだという推量を付け足した。

「とにかく、与兵衛という行商人に会うことができれば、仙蔵の住まいがわかり、茂平次の居所もつかめるはずです」

「音松、よくやってくれた」

　伝次郎が労をねぎらえば、

「音松さん、恩に着ます。こんなに早く手掛かりがつかめるとは、思いもいたしませんでした」

と、竜太郎も感心しきりの顔で礼をいった。

音松と別れて舟に乗り込んだときは、うす暗くなっていた。昼間はきらめいていた大川も、群青(ぐんじょう)のうねりとなっていた。

ぎっし、ぎっしと、伝次郎はゆっくり櫓を漕ぐ。小名木川に乗り入れ、すぐに六間堀に入る。流れに逆らって舟を進ませるが、大川ほどの強い流れではない。

伝次郎は櫓から棹に持ち替えていた。六間堀の水面に、東の空に昇っている白い満月が映り込んでいた。その月はずっと舟を先導し、決して追い越させない。

舟を操る伝次郎を、竜太郎が嬉しそうに眺めていた。

「さっきから黙りこくって、どうした?」

「伝次郎さんに会えてよかったと、つくづく思っているんです」

「さようか。そういってもらえると、気が楽になる」

「もう、あのことは何とも思っていませんから。かえって、邪魔をされてよかったと思っているぐらいです。気にしないでください」

伝次郎は苦笑した。

「帰ったら精のつくものを食うか。たまには泥鰌(どじょう)もいいかもしれぬ」

「柳川(やながわ)ですね。父上からよく話を聞いていて、食べたいと思っていたんです」

「よし、それなら決まりだな」

竜太郎は「はい」と嬉しそうに破顔し、白い歯を見せた。

山城橋の袂に着くと、先に竜太郎を降ろし、伝次郎は舫(もやい)を繋ぎにかかった。雁木の上にあらわれた黒い影が、いきなり襲いかかってきたのは、まさにそのときだった。

気配を察した伝次郎が振り返ったとき、その黒い影は白刃(はくじん)をうならせ、竜太郎に斬りかかっていた。

七

「危ないッ！」

伝次郎は竜太郎を突き飛ばすなり、相手の前に立ち塞がった。

標的を遠ざけられた相手は、伝次郎に鋭い眼光を向けてきた。獰猛(どうもう)な目だった。

八相に刀を構え直し、にやりと口の端に笑みを浮かべた。

伝次郎は無腰だ。刀は舟の中にある。

「伝次郎さん……」

「来るな。離れていろ」

竜太郎はすでに刀を抜いていたが、伝次郎は手を出させたくなかった。

男がじりじりと間合いを詰めてくる。男は階段になっている雁木の少し上に位置している。伝次郎はゆっくり雁木を下りる。

「もしや、おまえは仙蔵では……」

伝次郎は直感でそういった。すると、男の眉がぴくりと動き、

「なぜ、知っている？」

と、認めて問い返してきた。やはりそうだったのだ。

伝次郎は用心しながらもう一段下りた。仙蔵は竜太郎の動きを警戒しているので、すぐには斬りかかれないでいる。それに雁木の一段一段は狭い。不慣れなものは足を踏み外しやすい。

だが、仙蔵は器用に階段を使っている。ゆっくり刀を上段にあげ、一度竜太郎を

牽制するようににらみ、それから伝次郎を袈裟懸けに斬りにきた。

伝次郎は身を低めてかわすと、舟縁に立てかけていた棹をつかむなり、薙刀のように横に振った。

棹はびゅんとうなりながら、仙蔵の足を払いにいったが、うまくかわされた。

竜太郎が仙蔵に斬りかかろうとしていた。

「下がっていろ！　手出し無用だ！」

もう一度忠告した伝次郎は、竜太郎と仙蔵の間に立った。

「ふふ、てめえは船頭侍か。だが、その棹じゃおれには勝てねえぜ」

仙蔵は余裕の笑みを浮かべ、間合いを詰めるように階段を一段下りた。

伝次郎は逆に階段を二段あがり、仙蔵と同じ階段で対峙した。

「馬鹿な野郎だ」

仙蔵はいうなり、上段に振りかぶった刀を撃ちおろしてきた。刹那、伝次郎の手が動き、棹が二つに分かれた。

片方の先端にはぴかりと光る刃がはめ込んであった。

その刃が、仙蔵の刀をすり落とした。すかさず伝次郎は突きを送り込んだが、仙蔵が一段足を踏み外したので、的がそれた。

「てめえ……」

仕込棹だと気づいた仙蔵は、目を吊りあげて、刀を八相に構え直した。

「竜太郎、手を出すな。下がっていろ」

伝次郎はもう一度注意をした。竜太郎は隙を見て、仙蔵に斬りかかろうとしている。下手に斬りかかって、逆を取られたらことである。

竜太郎には敵を討つという大事な使命がある。

伝次郎は仕込棹をしごいて、仙蔵との間合いを詰めた。仙蔵は青眼（せいがん）の構えで、剣尖（けんせん）を伝次郎の喉に向けている。

川面から吹きあげてくる風が、着物の袖をはためかせた。仙蔵の乱れた鬢（びん）の毛がなびいている。

伝次郎は細く息を吐きだし、一寸、また一寸と間合いを詰め、突きを送り込んだ。仙蔵が打ち払いに来る。棹を切断されてはまずいので、伝次郎は素早く手許に引きつけて、逆袈裟に振りあげた。

ピッと細い血の条が迸（ほとばし）った。仙蔵の肩口を斬ったのだ。

「うっ……」

小さくうめいた仙蔵は、一歩足を引いて下がった。

伝次郎は間髪を容れずに攻撃した。振りあげた仕込棹を、袈裟懸けに振りおろすなり、体を反転させながら、仙蔵の足を斬りにいった。

仙蔵は慌てて受けようとしたが、伝次郎の仕込棹の動きが、一瞬早かった。仙蔵の片足ががくっと崩れた。伝次郎の仕込棹が太股を斬ったのだ。

肩と太股を斬られた仙蔵は、固く結んだ唇をねじ曲げ、雁木を横に走って逃げようとしたが、伝次郎の仕込棹に膝裏をたたかれて、前のめりに倒れた。

瞬間、伝次郎は仙蔵の首に仕込棹の刃をあてがった。仙蔵の体が凍りついて、動かなくなった。

「茂平次はどこだ?」

伝次郎は一度大きく息を吐きだしてから聞いた。

仙蔵は倒れたまま身動きできないでいる。

「知るか……」

「いえ、さもなくばおまえの首を斬る」

短い沈黙があった。仙蔵は倒れたまま躊躇っている。

「さあ、いうんだ」

「……そ、その辺にいるはずだ」

伝次郎がさっと河岸道に目を向けたとき、商番屋の陰から一方に走り去る影があった。それを見た竜太郎が脱兎のごとく追いかけた。

伝次郎も仙蔵をそのままにしてあとを追った。逃げる影は茂平次に違いなかった。その茂平次は六間堀の河岸道を南に逃げていた。

竜太郎は若いだけに足が速いが、逃げるほうも必死だからその差は詰まらない。茂平次は六間堀町に入ると、路地に姿を消した。

遅れて竜太郎もその路地に駆け込み、遅れて伝次郎がつづいた。しかし、竜太郎は先の角で立ち止まっていた。

「どうした？」

伝次郎が近づいて聞くと、どっちに行ったかわからなくなったという。左右の細い通りを見るが、黒い闇に覆われているだけで、人の動きはなかった。

二人はもう一度河岸道に出たが、茂平次らしき影を見ることはなかった。あきらめて山城橋に戻ると、仙蔵の姿も消えていた。

「やつらは昼間からおれたちを尾けていたのかもしれぬ」

「昼間からですか？」

「おそらく、おれたちが本田九五郎様の屋敷に戻ったときからだろう。おれたちはやつらを見つけられなかったが、やつらはおれたちを見つけていたのだ」

「それにしてももう少しだったのに」

竜太郎は悔しそうに唇を噛んだ。

「がっかりすることはない。明日には茂平次を見つけてみせる」

「できますか？」

竜太郎がきらきらする瞳を向けてくる。

「見つけなければならぬだろう」

そういう伝次郎は、音松の調べを期待していた。

八

音松が、仙蔵と仲のよい与兵衛という薬の行商人に会えたのは、翌日の昼過ぎだった。

朝からいっしょに動いている伝次郎と竜太郎は、与兵衛の家から戻ってきた音松に、期待の目を向けた。

「わかりました」

音松の第一声だった。

「うまく話をしましたら、あっさり教えてくれましたよ。仙蔵の長屋は豊島町三丁目です。まさかあっしらが、与兵衛に会ったなどとは仙蔵は考えてもいないでしょう」

「豊島町だったら、ここからすぐだ。だが、いるかな……」

伝次郎は昨夜のことがあるので、ひょっとすると自宅には戻っていないのではないかと危惧（きぐ）していた。

「いなくてもたしかめなきゃならないでしょう」

たしかに音松のいうとおりだ。

そのまま三人は仙蔵の長屋に向かった。小さな家や長屋がごみごみと建てこんだ町の奥に、仙蔵の長屋はあった。

伝次郎は長屋が逃げ道のない袋小路だというのをたしかめてから、仙蔵の家を訪ねた。

「邪魔をするぜ」

伝次郎は訪いの声もかけずに、腰高障子を引き開けた。

突然のことに、仙蔵は機嫌の悪そうな目を向けてきたが、訪問者が伝次郎だと知ると、大いに驚いた顔になった。

「な、なんだよ」

仙蔵には、昨夜の襲撃時のふてぶてしさはなかった。伝次郎の背後に控えている竜太郎と音松に気づくと、心底いやになったという顔をした。

「いったいなんだよ」

仙蔵はそういいながらも、刀に手をのばす。

伝次郎はその手を素早く、片手で押さえた。

「斬り合いはもう十分だろう。それに、おまえはまともに歩けないだろうし、腕も自由に使えないはずだ。おれたちはおまえを斬りにきたんじゃない。用があるのは茂平次だ」

「やつァいねえよ。見りゃわかるだろ」

仙蔵はふて腐れたようにいって、伝次郎に押さえられている手を引っ込めた。

「おまえは茂平次を匿っていたはずだ。やつはどこへ行った？」

仙蔵は白を切るように、そっぽを向いた。伝次郎はその顎を強くつかんで、顔を自分のほうに向けさせた。鑿で削ったような仙蔵の顔が、さらに醜くゆがんだ。

「やつは人殺しだ。匿っても何もおまえのためにはならないはずだ。それとも、この顎を砕いてやるか」

伝次郎は仙蔵の顎をつかむ手に力を入れた。船頭仕事をしているので、手の力は以前に増して強くなっていた。とたん、仙蔵は口の隙間から悲鳴を漏らした。

力を抜いてやると、いうよ、と仙蔵はふて腐れ顔でいった。

「昨夜のことがあるんで、やつは逃げてるんだ。ここに一度戻ってきたが、そのまま出て行っちまった」

「だから、どこへ行ったと聞いてるんだ」

「一色町（いっしきちょう）に浜田屋っていう印判屋がある。茂平次の博打仲間の岩五郎（いわごろう）って野郎がやってる店だ」

「一色町だな」

仙蔵はそうだと、投げやりな口調で答えた。

「一色町なら同じ深川です。それに浜田屋って印判屋なら見当がつきます」

仙蔵の長屋を出るなり、同じ深川に住んでいる音松が心強いことをいった。

「悪いが案内してもらおう」

伝次郎がいえば、竜太郎は、

「何から何までお世話をおかけします」

と、殊勝に頭を下げた。

その日の伝次郎は舟を使わずに歩きだった。仙蔵の長屋をあとにすると、馬喰町、通塩町（とおりしおちょう）と抜けて小網町（こあみちょう）の河岸道に出、永代（えいたい）橋をわたって深川に入った。

案内役の音松の足は、迷いもなく一色町に向かった。

油堀(あぶらぼり)に出て緑橋(みどり)をわたる。音松があの辺のはずだ、といって指をさしたときだった。

すぐ先の団子屋から出てきた男がいた。

茂平次だった。

一瞬、蛇ににらまれた蛙のように体を固めたが、手にしていた団子の包みを放り投げて身をひるがえした。慌てるあまりに草履が脱げ、裸足で逃げていく。

しかし、敏捷に動いた伝次郎と竜太郎の足が速かった。半町も行かない河岸道で、伝次郎は茂平次の後ろ襟をつかんで引き倒した。

そこへ、竜太郎が抜き払った刀の切っ先を向けたので、茂平次は倒れたままふるえあがった。日に焼けた黒い顔から血の気が引き、真っ青になった。

「ひっ、た、助けてくれ」

「黙れッ」

竜太郎は一喝してつづけた。

「遊ぶ金ほしさに父を殺した恨み、存分に晴らしてくれる。またきさまを討つために、同じ旅をしていた母の死にも報いなければならぬ。覚悟しやがれッ！」

竜太郎は刀を振りあげた。

「ひッ」

茂平次は両手で頭を庇ってふるえた。

日の光にきらめく竜太郎の刀は、上段から勢いよく振りおろされるはずだった。

だが、その腕を伝次郎がつかんだ。

「そこまでだ」

「何をするんです」

竜太郎が目を剝いて顔を上気させた。

「この裁きはお上にまかせる。おまえの悔しさ無念さ、痛いほどわかる。しかし、人を斬ったあとの後味の悪さを思えば、これで十分だ。それにこんな腐った外道を斬るのは、無駄に刀を穢すだけだ」

伝次郎は竜太郎の澄んだ瞳を見据えていい聞かせた。

「おまえはこやつを捕まえたことで敵を討ったのだ。あとの始末はお上の手に委ねるのだ」

「竜太郎さん、あっしもそれがいいと思います。こんな虫けらみたいな下衆を手にかけても、刀が泣くだけです。お上におまかせいたしましょう」

音松も説得した。

竜太郎の澄んだ瞳が、日の光に潤みはじめていた。

唇を嚙み、首を振って刀を下げた。

「では、おまかせします」

竜太郎が折れると、音松が機敏に動いて、茂平次の腕を後ろ手に縛りあげた。

どこでもよかったが、茂平次の身柄は佐賀町の自身番に預けた。そして、番人が使いとして町奉行所に走った。

日が暮れかかった頃に、連絡を受けてやってきたのは中村直吉郎だった。

伝次郎はこうなったときには、端から直吉郎に預ける考えでいたのだ。だが、それは口にせず、黙って直吉郎に茂平次を引きわたした。

「これがおまえのいっていた竜太郎という子か」

直吉郎は細かい経緯を聞いたあとで、伝次郎から竜太郎に視線を移した。

「いい面構えだ。ご苦労であったな」

直吉郎はぽんと竜太郎の肩をたたいて、これまでの労をねぎらった。

そのあとで、直吉郎は小宮山万次郎の屋敷で起きた一件を口にした。

「お奉行はおれたちが真相を証したことを褒められ、そのまま公儀目付に通知されたが、目付の再度の調べが入ったときには、殿様は今度こそ自害されていたそうだ」

「それじゃほんとうに小宮山家は断絶ということに……」

「まあ、致し方ねえだろう。とにかくおまえには世話になった」

直吉郎はそういうと、茂平次に縄をかけなおした三造と平次に「連れて行け」と顎をしゃくった。

九

竜太郎はそれから五日間、伝次郎の家で過ごした。

伝次郎が仕事に出ている間に、宮津藩上屋敷に敵討ちの顚末(てんまつ)を報告に行き、またできなかった江戸見物をした。

夜になると伝次郎と千草の店に行き、楽しく酒の相手をした。肩の荷が下りてすっかり安心したのか、あるいは千草を気に入ったのか、竜太郎はすこぶる楽しそうだった。

そして、異例の早さで茂平次への裁きが下った。もちろん死罪である。

それを知った翌日、竜太郎は郷里の丹後に帰ることになった。

竜太郎は江戸橋の手前で立ち止まると、見送るためについてきた伝次郎と千草を振り返った。

「もうここで結構です。旅は慣れていますから……」

「達者でな」

伝次郎は短い言葉をかけた。

「これ、お弁当よ。それから水筒にはお茶が入っていますから、いっしょに持っていって」

千草は手作りの弁当と水筒をわたした。

ありがたそうに受け取った竜太郎は、唇を結び微笑みを浮かべて、伝次郎と千草を見た。

「何から何までありがとう存じます。国許に帰ったらお城に出向き、仕官することになっています。いずれ参勤で江戸に来ることになるはずです。そのときには必ず遊びにまいります」

「楽しみにしている」

伝次郎が応じれば、待っていますよ、と千草が言葉を添えた。

「国許に着いたら手紙を書きます。それから音松さんに、くれぐれもよろしくお伝えください」

「うむ」

音松は、普段は女房のお万に店をまかせているが、今日にかぎってどうしても外せない仕入れの立ち会いがあるということだった。

「では、これで……」

竜太郎はそのまま背を向けて去ろうとしたが、踏み出した足をすぐに止めて振り返った。

「やっぱりいってしまいます」

「何をだ？」

「はい、わたしは江戸で大切なものを見つけました。それは江戸の父と呼べる伝次郎さんでした。ほんとに、会えて……」

竜太郎はそこで胸が熱くなりすぎたのか、声を詰まらせるなり、みるみると涙を盛りあがらせた。

「これ、泣くやつがあるか。わたしもおまえをこれから息子だと思って生きていく。江戸に来たら必ず訪ねてこい」

「はい。嬉しゅうございます。では、ほんとうにこれで……」

竜太郎は涙を腕で拭うと、一生懸命に笑顔を作り、そしてくるっと背を向けて今度こそ歩き去った。

もう一度振り返って、手を振るのではないかと思ったが、竜太郎はまっすぐに歩きつづけ、やがて往来の絶えない人混みのなかに消えていった。

「さ、帰ろうか」

千草を促すと、目を真っ赤に腫らして、うわずった声で「はい」と返事をした。

「これからおまえの店に行こう。一杯やりたくなった」

「かまいませんわよ」

快く応じた千草はいつもの笑顔に戻っていた。

それから半刻後、伝次郎は千草の店の小上がりに座って、千草の酌を受けていた。話すことがあるはずなのに、伝次郎はしんみりと酒を噛みしめるように飲んでいた。

「いったいどうしたんです。ほんとうは淋しいのね」

「……うむ。そうだな」

伝次郎は視線を上にあげ、天井の片隅を見た。

「竜太郎がこんなことをいった」

「…………」

「ずっと独り身を通すのか、と。そうだな、と言葉を濁すと、おれには千草がお似合いだと思う、といいやがった」

「あら、それでどんな返事を……」

「黙っていると、千草にはきっと旦那がいるんでしょう、といった。だからおれは黙っていた」

千草が小さく笑って、体を寄せてきた。自分の片手を、伝次郎の片手に添えた。

「きっと旦那って、この人かもね」

千草は伝次郎の手の甲を小さくたたいた。

もうそれだけで意思が通じた。伝次郎は千草の手をつかむと、ゆっくり指を絡ませた。

「そういうことだったのかなァ……」

つぶやくようにいった伝次郎は、盃をほして、やわらかな笑みを浮かべている千草を見つめた。

光文社文庫

文庫書下ろし／長編時代小説

どんど橋 剣客船頭(十一)

著者　稲葉　稔

2015年7月20日　初版1刷発行

発行者　鈴木広和
印刷　慶昌堂印刷
製本　ナショナル製本

発行所　株式会社　光文社
〒112-8011　東京都文京区音羽1-16-6
電話　(03)5395-8149　編集部
8116　書籍販売部
8125　業務部

ISBN978-4-334-76942-0　Printed in Japan

組版　萩原印刷

お願い　光文社文庫をお読みになって、いかがでございましたか。「読後の感想」を編集部あてに、ぜひお送りください。

このほか光文社文庫では、どんな本をお読みになりましたか。これから、どういう本をご希望ですか。どの本も、誤植がないようつとめていますが、もしお気づきの点がございましたら、お教えください。ご職業、ご年齢などもお書きそえいただければ幸いです。当社の規定により本来の目的以外に使用せず、大切に扱わせていただきます。

光文社文庫編集部

光文社時代小説文庫　好評既刊

神君の遺品　上田秀人
錯綜の系譜　上田秀人
風の轍　岡田秀文
応仁秘譚抄　岡田秀文
半七捕物帳 新装版（全六巻）　岡本綺堂
影を踏まれた女（新装版）　岡本綺堂
白髪鬼（新装版）　岡本綺堂
鷲（新装版）　岡本綺堂
中国怪奇小説集（新装版）　岡本綺堂
鎧櫃の血（新装版）　岡本綺堂
江戸情話集（新装版）　岡本綺堂
蜘蛛の夢（新装版）　岡本綺堂
斬りて候（上・下）　門田泰明
一閃なり（上・下）　門田泰明
任せなせえ　門田泰明
奥傳夢千鳥　門田泰明
夢剣霞ざくら　門田泰明
汝薫るが如し　門田泰明
冗談じゃねえや（特別改訂版）　門田泰明
大江戸剣花帳（上・下）　門田泰明
奴隷戦国1572年信玄の海人　久瀬千路
奴隷戦国1573年信長の美色　久瀬千路
あられ雪　倉阪鬼一郎
おかめ晴れ　倉阪鬼一郎
きつね日和　倉阪鬼一郎
開運せいろ　倉阪鬼一郎
出世おろし　倉阪鬼一郎
江戸猫ばなし　光文社文庫編集部編
五万両の茶器　小杉健治
七万石の密書　小杉健治
六万石の文箱　小杉健治
一万石の刺客　小杉健治
十万石の謀反　小杉健治
一万両の仇討　小杉健治